로크미디어가
유혹하는
재미있는 세상

ROK
MEDIA
로크미디어

예지몽으로 히든랭커 20

2022년 7월 13일 초판 1쇄 인쇄
2022년 7월 18일 초판 1쇄 발행

지은이 이현비
발행인 김정수 강준규

기획 이기헌 왕소현 박경무 강민구 조익현
책임편집 백승미
마케팅지원 이원선

발행처 (주)로크미디어
출판등록 2003년 3월 24일
주소 서울시 마포구 성암로 330 DMC첨단산업센터 318호
Tel (02)3273-5135 **편집** 070-7863-8595 **Fax** (02)3273-5134
홈페이지 rokmedia.com **E-mail** rokmedia@empas.com

값 8,000원

ISBN 979-11-354-6420-1 (20권)
ISBN 979-11-354-9382-9 04810 (세트)

ROK
MEDIA
로크미디어

예지몽으로 히든랭커

이현비 게임 판타지 장편소설 ⟨20⟩

CONTENTS

뤼나윔의 첫 번째 비밀

대륙 서쪽 끝 해안.

해안가 절벽에 도착한 가온 일행은 주위를 면밀하게 살폈지만 역시 뤼나윔의 존재는 감지할 수 없었다. 해안은 암반 지대로 되어 있어 뤼나윔은 서식할 환경이 아니었다.

그것까지 확인한 가온 일행은 널찍하고 편평한 암반 위에 자리를 잡고 이제 막 떠오르는 해를 보며 간단하게 아침을 먹기 시작했다.

여관에서 아침 식사 대신 주었던 음식 바구니는 크지는 않았지만 알찬 음식들이 담겨 있었고 식긴 했지만 맛이나 향은 여전해서 다들 만족했다.

아레오가 차를 준비하는 동안 아나샤는 주위를 둘러보다

가 멀리 떨어진 푸르른 섬을 보았다.

'아? 섬이 울창한 수목으로 덮여 있는 것 같은데.'

순간 머릿속에 벼락이 치는 것 같은 기분이 들었다.

"온 랑! 온 랑!"

가장 먼저 식사를 마치고 해안가의 암석지대를 걷고 있는 가온에게 뛰어갔다.

"무슨 일이야?"

"저 섬 좀 보세요!"

아나샤의 말에 무심코 섬을 바라본 가온의 눈이 어느 순간 가늘어졌다.

'가만, 뤼나웜이 분명 물을 타고 이동했지?'

자신이 직접 놈들이 새벽에 계곡물을 거슬러 올라가는 것을 확인했다.

'그런데 바다는?'

가는 곳마다 뤼나웜을 언급하는 얘기가 들렸지만 놈들이 바다를 건너갔다는 얘기는 듣지 못했다. 바다 건너에 작은 대륙이 있다는 얘기를 듣긴 했지만 그곳에 대한 정보는 전혀 듣지 못했다.

'일단 섬을 한번 확인해 봐야겠네.'

"섬을 확인해야 해요! 만약 섬이 정말 멀쩡하다면 바닷물 혹은 소금물로 놈들의 진격을 막을 수 있을지도 몰라요!"

그렇게 외치는 아나샤도 가온과 비슷한 생각을 하고 있었다.

"그럼 확인해 보고 올게."

"저도 같이!"

아나샤 혼자라면 굳이 구조물을 이용할 필요도 없었다. 가온은 아나샤를 앞으로 끌어안은 후 투명 날개를 장착하고 바로 하늘로 날아올랐다.

"온 랑, 무슨 일이에요?"

뒤에서 아레오의 소리가 들려왔지만 지금은 섬의 상태를 확인하는 것이 급했다.

순식간에 작은 무인도의 상공에 도착한 가온과 아나샤는 자신들이 본 것이 틀리지 않았음을 확인했다.

'심지어 섬에서 서식하는 동물들도 아무런 영향이 없어.'

갈매기를 비롯한 몇 종류의 새는 물론이고 나무 위에 똬리를 튼 뱀까지 확인했다.

이렇다는 건 최소한 뤼나웜이 바닷물을 싫어한다는 것이다.

"바닷물을 싫어하는 건 확실해요. 그래도 바닷물로 한번 실험을 해 봐야 하는데……."

가온 역시 같은 실험을 해 보려고 했다.

"일단 돌아가자고."

확인을 했으니 걱정하고 있을 일행을 안심시켜 주어야만

했다.

순식간에 일행이 있는 곳으로 돌아온 가온은 아레오가 묻기도 전에 먼저 자신과 아나샤가 관찰했던 내용을 공개했다.

"확실히 일리가 있는 추론이에요. 정말 뤼나웜이 바닷물, 그러니까 소금을 싫어한다면 최소한 우리 인간들은 현재 영역을 지킬 수 있을 거예요."

"어! 그러고 보니까 염도가 높다고 들었던 마주르카 평야는 이곳보다 훨씬 더 남쪽에 있음에도 뤼나웜이 진출하지 않았어!"

아레오에 이어 야쿰바가 뭔가 생각났다는 듯 소리를 질렀다.

"맞아요! 남쪽 입구에 암염 광산이 위치한 마주르카뿐 아니라 젤론 소금 호수와 인접한 대르탄 평야 인근도 아직 멀쩡해요!"

차링 또한 가온과 아나샤의 가설에 증거가 되는 정보를 털어놓았다.

"일단 확인을 해 보는 것이 먼저네요."

만약 가설이 맞는다면 어떤 방식을 쓰든지 그 정보를 세상에 널리 알리면 뤼나웜으로 인한 피해를 막을 수 있을 것이다.

이제 또 다른 희망을 품은 사람들은 본격적으로 움직이기 시작했다.

곧바로 투명 날개를 이용해서 내륙 쪽으로 이동하던 가온 일행은 30분 정도 이동한 끝에 드디어 뤼나웜을 발견할 수 있었다.

뤼나웜이 활동하는 땅을 찾는 건 쉬웠다. 황무지와 나무나 풀이 자라는 땅으로 양분된 경계만 찾으면 되는 것이다.

"위에서 내려다보니 땅이 마치 물결치는 것 같았어요."

조금 멀리 떨어진 곳에 착륙한 후 차링이 소름이 돋는 듯 팔을 쓸어내리며 말했다.

차링의 말대로 뤼나웜들은 아주 조금씩 지상은 물론 표토층에 해당하는 지하의 모든 것을 송두리째 집어삼키면서 북쪽을 향해 이동하고 있었다. 암반이 별로 없는 산도 예외는 아니었다.

"일단 소금물에 어떻게 반응하는지부터 확인해 보도록 하자."

가온은 미리 챙겨 둔, 바닷물로 가득 채운 가죽 부대들을 아공간에서 꺼냈다.

사람들은 가온을 필두로 바닷물로 채워져 있는 어른 상체 크기의 가죽 부대를 들고 뤼나웜이 물결치듯 이동하는 경계 부분으로 향했다.

"부어!"

일정한 간격으로 늘어선 가온 일행이 가죽 부대의 주둥이를 약간 풀고 경계 부분에 바닷물을 부으며 서로를 향해 이동했다. 적어도 표토 층이 소금물로 젖을 정도로 충분히 부어야만 했기에 서로의 간격은 그리 멀지 않았다.

곧 황무지와 인접한, 아직 풀이 자라는 영역에 바닷물로 이루어진 긴 띠가 만들어졌다. 그리고 그 띠는 강렬한 햇볕에 이내 물이 증발되자 소금기만 남게 되었다.

"과연 어떻게 될까?"

아나샤가 긴장한 얼굴로 아레오에게 속삭였다.

"우리의 추론이 맞는다면 더 이상 이동하지 못하겠지요."

"그럼 좋겠는데. 그런데 또 다른 변종이 나오는 건 아니겠지?"

"장담할 수는 없죠. 하지만 그런 변종이 나타나려면 꽤 시간이 걸릴 거예요. 그 전에 우리가 뤼나웜의 숫자를 확 줄일 수 있다면 변종이 출현할 가능성은 최소화될 거고요."

"그렇겠지."

그렇게 사람들이 기대감을 가지고 초조하게 기다릴 때 바닷물로 만든 띠 바로 앞까지 뤼나웜이 만들어 낸 땅의 물결이 도달했다.

그리고 곧 사람들의 환호성이 터졌다.

"멈추었어!"

기대한 대로 북쪽으로 움직이던 땅의 물결이 멈추었다. 뤼나웜이 소금물, 혹은 소금을 싫어한다는 사실까지는 확인된 것이다.

"아니야! 조금 더 지켜봐야 해!"

좋아하기에는 아직 일렀다.

그리고 가온의 경고대로 경계 부분의 한쪽이 다시 물결치듯 요동쳤다. 뤼나웜이 그쪽으로 다시 이동하기 시작한 것이다.

일행은 실망한 기색이 역력했지만 가온은 한 가지 사실에 주목했다. 바닷물에 젖은 풀들은 멀쩡했던 것이다.

"가 봅시다!"

일행이 함께 그곳으로 향했다. 땅이 물결치듯 요동치는 구간은 대략 1미터의 폭이었다.

가온이 차링에게 신호를 하자 해당 구간의 땅이 뒤집어졌다.

흙과 함께 뤼나웜 수십 마리가 드러나더니 강렬한 햇볕 때문인지 마구 몸부림을 쳤고 일부는 다시 땅속으로 파고들었다.

가온은 미리 꺼내 두었던 가죽 부대의 주둥이 부분을 놈들 쪽으로 향한 후 마구 흔들었다.

"어!"

놀랍게도 바닷물에 닿은 뤼나웜들이 광분한 듯 격렬하게 몸부림을 쳤다.

아레오가 그런 놈들을 향해 파이어스톰 마법을 펼치려고 할 때 가온이 손을 들어 막았다. 그리고 뤼나웜이 아니라 뒤집힌 흙을 살펴보기 시작했다.

"역시 지면 바로 아래쪽에 편평한 큰 암석이 있었어."

일부는 깊은 곳까지 바닷물에 젖어 있었지만 한 부분은 달랐다. 암석을 기점으로 그 아래쪽은 전혀 젖지 않은 상태였던 것이다. 뤼나웜들은 암반의 아래쪽으로 이동한 것이다.

이렇게 되면 뤼나웜들이 소금물을 싫어한다는 사실까지는 확인된 것이다.

"온 랑, 그냥 놔두면 다시 지하로 들어가 버릴 것 같아요."

"조금 더 기다려 보자고."

가온이 대검으로 지하로 파고 들어가는 뤼나웜들을 다시 밖으로 꺼내기 시작했다.

그러자 더욱 격렬하게 몸부림을 치면서 주둥이를 통해 마구 무언가를 쏘듯 분출하던 뤼나웜들이 이내 경련을 하더니 축 늘어졌다.

가온이 그중 한 마리를 대검 끝으로 들어 올려 확인을 해 보니 질기고 굵은 피부가 쭈글쭈글한 상태였다.

'가죽으로 보였지만 결국 피부막이었어!'

지렁이에 소금을 뿌리면 삼투압 현상으로 인해 지렁이 체내의 수분이 피부막을 통해 농도가 높은 소금 쪽으로 이동하기 때문에 결국 탈수로 인해 죽는다.

가온은 놈들이 바닷물을 기피한다는 사실을 확인했을 때부터 비록 뤼나웜이 가죽으로 보이는 질기고 울퉁불퉁한 피부를 가졌지만, 일반 웜 종류처럼 삼투압 현상을 통해 죽을 수도 있지 않을까 의심했는데 사실로 확인된 것이다.

'맞아! 보기에는 가죽처럼 보였지만 결국 피부막에 불과했던 거야.'

지구의 지렁이 종류를 포함해서 이곳의 웜 종류까지 피부로 수분을 흡수한다는 특성을 가지고 있었다. 변종이라고 해도 이 점은 변하지 않았기에 뤼나웜들이 햇볕 속에는 제대로 활동하지 못한 것이다.

비록 대낮에도 좀 더 오래 활동하는 변종이 출현했지만 소금 혹은 소금물을 이용하면 놈들을 손쉽게 죽일 수 있었다.

그 사실을 확인한 가온 일행의 얼굴은 이전보다 현저히 밝아졌다.

"일단 이 사실을 세상에 널리 알리는 게 먼저겠죠?"

가온은 아나샤의 말에 고개를 끄덕였지만 이제 막 뤼나웜 사냥을 시작하려는 참이었기에 맥이 풀리는 기분이었다.

그런데 그건 가온만의 생각은 아닌 모양이다.

"이제 막 준비했던 일을 시작하려는 참인데……."

아레오가 아쉬운 얼굴로 말을 흐렸다.

"저도 기분이 좀 찜찜해요. 국가의 존재가 유명무실한 상태이고 사람들의 교류가 현저하게 줄어든 상태에서 이 사실을 널리 알리기 위해서는 온 님의 날개를 이용한다고 해도 한 달 이상은 걸릴 거예요."

마법, 아니 마도공학이 발달하지 못해서 그런지 이 세계는 마땅한 통신 수단이 없었다. 있다면 국가가 운영하는 마방 시스템이나 마탑끼리의 전신, 그리고 상행을 통한 연락인데, 그마저도 급증한 마수와 몬스터가 길을 막고 있어서 여의치 않은 상황이다.

"그래도 사람들에게 더할 수 없이 좋은 소식인데 어쩌겠어."

아나샤의 말대로 뤼나웜 토벌을 연기하는 수밖에 없을 것 같았다.

가온도 아나샤와 같은 결정을 내렸다.

'지금은 뤼나웜 사냥이 문제가 아니야.'

그보다 더 중요한 것은 뤼나웜으로 인한 피해를 막는 것이다. 뤼나웜의 진격을 막아 낼 수단이 있는데 의뢰 때문에 모른 척하는 것은 사람의 도리가 아니었다.

"그나저나 뤼나웜의 이동을 막으려면 막대한 소금이 필요한데, 그 정도의 양은 있을까요?"

그러고 보니 그것도 문제다. 이 세계의 소금은 천일염과 암염 두 가지다.

천일염은 바닷가의 일부 지역과 겔론처럼 소금 호수에서 구할 수 있고 암염은 암염 광산에서 구할 수 있는데 가격이 굉장히 비싼 편이다.

무엇보다 유통되는 소금 대부분은 국가 단위에서 생산, 관리, 유통을 하는데, 지금은 국가 체제가 크게 흔들린 상황이라서 소금의 생산이나 유통이 어려워서 식량처럼 가격이 천정부지로 치솟은 상황이다.

　"그래도 소금으로 뤼나웜의 진로를 막을 수 있다면 어떻게 되지 않을까요?"

　"저도 차링의 생각과 같습니다. 국왕이나 황제가 아니더라도 각 도시의 시장이나 영주 들이 어떻게든 구하지 않을까요?"

　차링과 야쿰바의 말에도 일리는 있다. 뤼나웜에게 생명은 물론 삶의 터전을 빼앗기지 않으려면 어떤 수단을 쓰든지 소금을 구하려고 할 것이다. 그것까지 가온 일행이 신경을 쓸 필요는 없었다.

　그래도 막 시작하려고 했던 일을 멈추는 것은 변함이 없었고 다들 그 부분이 마음에 걸렸다.

뤼나웜 사냥 개시

잠시 후 침묵을 깬 사람은 바로 차링이었다.

"이러면 어떨까요?"

"뭔데?"

바로 옆에 있던 아레오가 의아한 얼굴로 물었다.

"저와 오빠가 소금으로 뤼나웜을 제어할 수 있다는 사실을 돌아다니면서 알릴게요. 물론 계약은 취소하고요."

"두 사람이 그 일을 하겠다고?"

"네. 사실 저희 일족만 해도 뤼나웜 때문에 삶의 터전을 잃고 도피해서 큰 무리를 이루긴 했지만, 극심한 생활고에 시달리고 있어요. 남의 일이 아닌 거죠. 세 분은 예정대로 뤼나웜을 처리하시고, 저희가 돌아다니면서 소문을 퍼트릴게요."

"괜찮겠어?"

온갖 마수와 몬스터 들이 횡행하는 세상이다.

"제게 에링과 타링이 있잖아요. 사냥을 하는 거라면 몰라도 피해 다니는 것은 문제가 없어요. 게다가 숲은 우리 일족에게는 마당이나 마찬가지고요."

"생각해 보니 차링의 말이 맞는 것 같습니다. 뤼나웜을 박멸하는 영광스러운 일을 함께 시작하지 못하는 것은 안타깝지만, 돌아다니면서 뤼나웜의 북상을 견제할 수 있는 효과적인 방법을 널리 알리는 것도 크게 보면 우리 일족의 안전을 담보할 수 있는 일입니다. 하지만 그 일은 저 혼자 하겠습니다."

"혼자요?"

"네. 우리 차링의 능력이 필요하셨던 거 아니었습니까?"

야쿰바의 물음에 아레오와 아나샤의 눈이 가온을 향했다.

"혼자서 가능하겠소?"

"가능합니다. 세상으로 나온 게 이번이 두 번째인 차링과 달리 저는 용병으로 꽤 많이 활동했기 때문에 아는 상단도 많은 편입니다. 그리고 혼자서 움직이는 편이 훨씬 더 편합니다. 제게는 에링과 타링은 없지만 숲에서 달리는 건 누구에게도 져 본 적이 없습니다."

"그건 맞아요. 큰오빠는 성인식을 치를 때 샤벨타이거의 습격을 받고 부상을 입은 상태에서도 놈의 추격을 두어 시간

만에 따돌렸을 정도니까요. 태어날 때 바람의 정령 신이 내린 가호를 받았거든요."

야쿰바에게 그런 재주가 있는 줄은 몰랐다.

'그래서 다크오우거 암컷 두 마리를 사냥할 때 가장 덜 다쳤던 건가?'

몸을 사린 덕분이 아니라 민첩성이 그만큼 높아서였던 모양이다.

야쿰바의 의견까지 들은 가온은 마침내 결론을 내렸다.

"좋소! 그렇게 합시다."

사실 야쿰바의 포지션이 좀 애매하긴 했다. 뤼나웜을 상대로는 그의 검술 실력이나 활 솜씨는 그리 도움이 되지 않는다. 애초에 원소술사와 마법사 그리고 사제를 혹시 모를 상황에 대비해서 지켜 주는 역할을 맡기려고 고용을 했던 것이다.

"그리고 야쿰바가 하려는 일은 우리가 하려는 일보다 훨씬 더 사람들에게 중요한 일이라고 할 수 있을 것 같으니, 선금은 돌려받지 않겠소."

"하하하. 그건 사양하지 않겠습니다."

"방금 든 생각인데 고생스럽게 혼자 도시를 돌아다니지 말고 단 상단을 찾아가세요. 그분이라면 상인들을 이용해서 이 소식을 누구보다 빠르게 세상에 널리 알릴 수 있을 것 같아요."

"좋은 생각이네요. 단 상단주라면 적극적으로 도와줄 거예요."

아레오와 아나샤의 말을 들은 가온도 고개를 끄덕였다.

맞다. 그가 겪은 단이라면 자신의 이익을 챙기면서도 이 정보를 세상에 널리 퍼트려 줄 것이다.

일이 그렇게 정해지자 야쿰바는 곧바로 가장 가까운 도시를 향해 출발했다. 그는 한시라도 빨리 이 사실을 널리 알려야만 한다고 생각했다.

가온은 이 세상의 인류에게 최소한의 안전을 보장해 줄 수 있는 중요한 정보를 가지고 출발한 야쿰바의 뒷모습을 바라보며 그가 임무를 제대로 수행하고 안전하기를 기원했다.

'이곳에도 있겠지만 햇볕을 이용해서 천일염을 만드는 방법에 대해서도 함께 퍼트리라고 당부했으니, 이젠 기다리는 수밖에 없네.'

마침내 야쿰바의 모습이 눈에서 사라졌다.

"우리도 시작해 봅시다."

가온은 자신이 생각하는 사냥법부터 설명을 했다.

"저와 아레오 언니가 땅을 뒤집으면 아나샤 언니가 놈들을 얼리고 온 님이 처리를 한다는 거죠?"

"제대로 이해했네."

"제가 영약 덕분에 원소력이 많이 늘어서 한 번에 뒤집을 수 있는 땅의 면적이 늘었는데, 온 님이 혼자서 처리하는 게 가능할까요?"

"어느 정도 면적이지?"

"저도 확인을 안 해 봐서……."

"그럼 당장 시도해 봐."

"네!"

"아레오도 땅을 뒤집는 턴 오버 마법을 한 번 발현해 봐. 아나샤와 내가 최대한 빠른 시간 내에 처리할 수 있는 면적을 확인해 봐야 해."

"그럴게요."

그러고 보니 아나샤의 홀리아이스의 유효 범위도 확인해 봐야만 했다.

본격적으로 의뢰를 수행하기 전에 할 일이 많았다.

에링과 타링이 뤼나웜이 쓸고 간 땅에서 마치 춤을 추듯 일행이 보는 앞에서 가온이 던져 주는 먹이를 받아먹었다.

녀석들도 콰르 고기가 자신들의 성장에 얼마나 도움이 되는지 잘 아는 것처럼 이리저리 뛰어다니면서 묘기를 부리며 받아먹었는데, 어느 순간 녀석들의 주위 땅이 마치 물결치듯 움직였다. 뤼나웜들이 땅의 진동을 느끼고 모여드는 것이다.

퓌이이이!

땅의 물결이 에링과 타링을 덮치기 직전에 차링이 휘파람을 불었다.

그러자 에링과 타링이 미리 몇 번 연습한 대로 땅을 박차고 공중으로 날아올랐다. 그리고 5미터 상공을 천천히 날고 있는 가온이 몸에 고정된 구조물을 붙잡고 주인인 차링의 몸을 타고 올랐다.

에링과 타링이 있었던 자리를 덮친 땅의 물결이 겹쳐 땅이 위로 치솟을 때 아레오의 마법이 발현되었다.

"턴오버!"

그르릉!

대략 가로세로 10여 미터의 땅이 폭발한 것처럼 흙먼지를 피워 올리며 순식간에 뒤집혔다.

흙먼지가 가라앉기도 전에 아나샤가 뒤집어진 땅을 향해 두 손을 쭉 내밀었다.

"홀리아이스!"

아나샤의 두 손에서 새하얀 신성력이 안개처럼 빠르게 뒤집어진 땅으로 날아가더니 그곳을 포함한 넓은 영역을 마치 서리가 내린 것처럼 하얗게 변했다.

뒤집어지고 서리가 내린 땅은 마치 멧돼지가 작물의 뿌리를 파먹기 위해 파헤친 것처럼 엉망이었고, 그 위에는 얼어붙은 듯 느리게 꿈틀거리는 뤼나웜들로 가득했다.

"검기폭!"

그사이에 10미터 상공으로 올라간 가온의 대검에 깃들어 있던 새하얀 검기가 홀리아이스가 펼쳐진 땅 중앙의 상공 쪽으로 날아가더니 이내 신성한 빛의 폭발을 일으켰다.

아레오가 턴오버 마법으로 뒤집은 면적을 검기폭의 살상 반경인 120도에 맞춘 높이가 상공 7미터였다.

그 직후 아래로 내려온 가온은 몸에 장착한 구조물을 떼어 내고 큰 움직임을 보이지 않고 널브러진 뤼나웜들의 상태를 확인했다.

처음 펼쳐 본 검기폭의 위력은 대단했다. 위에서 아래로 비산한 검기의 파편은 대략 3천여 개에 달했다.

가로 10미터, 세로 10미터의 공간에 무려 3천여 개에 달하는 검기의 파편이 비산했으니 당연히 눈에 들어온 뤼나웜들은 온몸에 구멍이 숭숭 뚫린 상태로 죽어 있었다.

'검기폭에 들어가는 마나의 종류나 양은 이 정도면 되겠어.'

검기 파편의 밀도도 그렇지만 위력도 마음에 들었다.

비산하는 파편 하나하나를 염력으로 조절할 수 있는 것도 아니니 차라리 이렇게 많은 파편을 한꺼번에 날리는 것이 나을 것 같았다.

땅을 파헤쳐서 확인해 보니 검기 파편의 위력은 충분했다. 폭발로 인해 비산한 검기의 파편은 대략 2미터 깊이까지 파고들었다.

검기도 검기지만 원천이 되는 신성력의 위력도 대단했

다. 급소인 심장과 뇌 부분에도 구멍이 났으며 마수에게 상극인 신성력의 영향으로 재생력을 발휘할 틈도 없이 즉사한 것이다.

검기폭을 위해 생성한 검기는 신성력 사이에 폭발을 위해 음과 양의 속성을 가진 화기를 적절하게 섞였기에 비산한 검기의 파편은 주로 신성력이 담겨 있었다.

게다가 홀리아이스의 신성력에 노출된 뤼나웜의 능력은 대략 2할 정도 떨어졌는데, 차가운 기운이 잠시지만 몸을 얼려 버리니 뤼나웜들이 그의 검기폭 공격에 무력할 수밖에 없었다.

가온은 꼼꼼하게 검기 파편이 날아간 범위 안에 있는 땅을 조사했다.

'생각한 그대로네.'

턴오버 마법으로 지상으로 노출되었던 놈들과 뒤집어지지 않은 땅속 깊숙한 곳에 있었던 뤼나웜의 상태는 달랐다.

전자의 경우 검기의 파편에 완벽하게 전멸했지만 후자의 경우는 대부분 죽었지만 극히 일부가 살아남았고 뛰어난 재생력으로 구멍 난 곳을 치료하는 동시에 도망치고 있었다.

'파편의 숫자를 더 늘려야겠네.'

파편 간의 간격은 대략 3센티미터 정도였지만 운 좋게 뇌와 심장 모두 파편 공격을 피한 놈들도 있으니 파편의 숫자를 늘려서 간격을 더 좁혀야만 했다.

그때 세 여인이 몸에 구조물을 그대로 매단 상태로 보폭을 맞추어 다가왔다.

"턴오버의 범위가 좁은 것이 좀 아쉽네. 반면에 홀리아이스의 범위가 아직도 넓고."

아레오의 턴오버 마법으로 뒤집은 땅의 면적은 대략 100제곱미터인데 아나샤의 홀리아이스는 그 세 배의 면적에 적용이 되었다.

"깊이, 깊이는 어때요?"

가온의 조언을 바탕으로 공을 들여 발현해 본 마법의 위력이 마음이 들지 않아 속이 상한 것 같은 아레오가 물었다.

"대략 1미터 깊이까지 뒤집어졌으니 적당해. 현재 마력으로 얼마나 많이 턴오버 마법을 펼칠 수 있겠어?"

보통 뤼나웜이 서식하는 깊이는 지표에서 대략 50센티미터이니 깊이는 충분했다.

"으음. 해 봐야 확실하겠지만 감으로는 대략 50번 정도까지는 펼칠 수 있을 것 같아요."

"그 정도면 괜찮네. 그리고 홀리아이스의 위력은 확실하네. 범위를 좁힐 수 있겠어, 아나샤?"

"힘들 것 같아요. 현재의 숙련도로는 범위를 확장하는 건 가능한데, 좁히는 건……."

"굳이 좁힐 필요는 없겠지. 몇 번이나 펼칠 수 있겠어?"

"대략 사오십 번 정도요."

그럼 아레오와 아나샤가 능력을 발휘할 수 있는 횟수는 비슷했다.

"좋아. 이번에는 아레오와 차링이 동시에 뒤집을 수 있는 땅의 범위를 확인해 보자고."

다행히 오래 실험을 할 필요가 없었다. 차링과 아레오기 각각 원소력과 마법으로 뒤집은 땅의 면적과 홀리아이스의 범위가 비슷했다.

대지 속성의 원소력을 사용하는 차링이 뒤집을 수 있는 공간이 아레오의 두 배에 해당한 것이다.

원래 가온이 파악한 바에 따르면 뤼나윔의 영역은 아직 진출하지 않은 땅과의 경계 부분으로부터 대략 30미터 거리 안에 서식하며 서식하는 공간도 지표면에서 50센티미터 깊이에 해당했다.

네 명, 아니 에링과 타링까지 힘을 합쳐 사냥을 하면 한 번에 가로와 세로가 30미터에 달하는 면적에 서식하던 뤼나윔을 말끔하게 정리할 수 있었다.

'50번까지 연속해서 작업을 한다면 하루에 1.5킬로미터의 구간을 청소할 수 있겠네.'

에링과 타링을 활용해서 근처에 있는 놈들까지 유인하기 때문에 30미터 밖에 있을 놈들까지 고려할 필요는 없었다.

하지만 대륙의 넓이를 생각하면 그 정도로는 성에 차질 않았지만 작업량을 늘릴 수 있는 획기적인 방법은 떠오르지 않았다.

'그래도 이게 어디야. 하루에 그만큼씩 안전해지는 땅이 늘어나는 것인데. 일단 사냥을 하면서 더 고민을 해 봐야겠네.'

더 욕심을 부린다면 세 여인의 보조 없이 오직 검기폭만으로 뤼나웜을 더 정리할 수도 있었다. 앙헬이 미세마정석을 챙기고 카우마가 열기로 태우거나 녹여 버리는 것이 좀 어려울 테지만 말이다.

'그것도 한번 시도해 보자.'

가온은 이제부터는 시간 싸움이 될 거라고 생각하면서 파워드레인 스킬로 죽은 뤼나웜들로부터 에너지를 흡수하기 시작했다.

그런데 생각보다 훨씬 더 많은 에너지가 흡수되고 있었다.

'이 녀석들, 생각보다 훨씬 더 많은 마나를 품고 있구나. 무엇보다 흑마력이 엄청나.'

상태창을 확인해 보니 확실히 흑마력의 양이 눈에 띄게 증가했다. 아무래도 마기와 흑마력은 비슷한 에너지인 것 같다.

뤼나웜 사냥을 시작한 첫 번째 날은 빠르게 흘러갔다.

다들 처음 써 보거나 숙련되지 않은 스킬을 사용하는 것이었고, 스킬에 사용되는 에너지도 생각보다 빠르게 소모되었다.

"그만!"

가온은 정오가 막 넘긴 시간에 사냥을 끝내기로 했다.

'42번이 거의 한계네.'

처음 생각했던 것과 달리 세 여인은 42번에 걸친 작업에 완전히 지쳐 버렸다.

원소력, 마력 그리고 신성력이 거의 바닥을 드러냈고 체력이나 집중력도 눈에 띄게 약해져서 더 이상 사냥을 할 수가 없었다.

가온은 적당한 곳에 안전텐트를 치고 세 여인을 그 안에서 쉬게 한 후, 앙헬로 하여금 미세마정석을 챙기도록 했다.

사체는 구멍이 숭숭 나 있는 상태였고 따로 사체를 사용할 곳도 없었지만 혹시 몰라서 자신의 아공간에 챙겨 넣었다.

'나도 연공이나 해야겠네.'

연공을 하기 전에 먼저 에너지 소모에 대한 부분을 확인했다.

'화기와 신성력이 많이 줄었네.'

특히 신성력의 경우 대략 15만이 줄어든 상태였다.

하지만 아나샤 덕분에 가온이 사용할 수 있는 신성력은 110만이 넘는다. 하루에 한정된다는 제한은 있지만 말이다.

가온은 오후에는 자신 혼자서 사냥을 해야겠다고 생각을

하면서 지쳐 버린 세 여인을 위해 점심을 준비했다.

특별한 음식은 아니다. 콰르 고기를 베이스로 하는 매콤한 스튜에 빵 그리고 와인이 전부였다.

하지만 세 사람에게는 매우면서도 자꾸 입맛을 당기게 할 정도로 맛있는 스튜였고 와인과도 궁합이 잘 맞는 최고의 음식이었다.

그렇게 지친 상태에서 포만감을 만끽하던 세 여인의 눈이 스르르 감기는 건 당연했다.

뤼나웜이 들끓는 경계 근처에서 안전텐트의 영역을 뚫고 들어올 수 있는 마수나 몬스터는 없었기에 가온은 잠시 쉰 후 혼자서 사냥을 나섰다.

물론 순수하게 혼자는 아니다. 귀속시켰던 플라위스들을 전용 아공간에서 꺼낸 것이다.

가온은 녀석들에게 먼저 허니비 꿀을 희석한 비약을 일일이 먹여 주었다.

플라위스는 허니비 꿀의 달콤한 맛에 매료되기도 했지만 지능이 높고 자연스럽게 마나를 사용하는 만큼 꿀이 자신들에게 미치는 긍정적인 영향을 금세 알아챘다.

보스급들은 부리를 가온의 몸에 비비면서 노골적으로 더 달라는 의사를 보일 정도였다.

'이제부터 능력껏 뤼나웜을 사냥해! 사냥한 숫자만큼 방금 먹은 영약을 주마. 중간에 지치면 뤼나웜을 잡아먹어도 돼.'

전용 아공간은 시간이 흐르지 않는 공간이기 때문에 놈들 중 절반 정도는 배가 전혀 고프지 않은 상태였지만, 허니비 비약의 맛과 효능에 적극적으로 사냥할 수밖에 없었다.

'내가 그만하라고 할 때까지 사냥을 한다. 자, 시작해!'

플라위스의 뤼나웜 사냥은 주로 해가 진 후에 이루어지지만 이런 대낮이라고 해서 못 할 건 아니다. 놈들의 길고 날카로운 부리는 뤼나웜이 주로 활동하는 지표 밑 50센티미터까지는 충분히 커버할 수 있었다.

그렇게 플라위스들을 풀어놓은 가온은 사냥을 시작했다.

본인이 미끼가 되어 뤼나웜을 유인했는데, 놈들이 공격을 위해 흙 밖으로 뛰쳐나오는 순간을 노리기 위해서 작은 꾀를 냈다.

두께가 얇은 암석판을 구해서 적당한 곳에 옮겨 놓고 그 위에 올라가 제자리 뛰기를 한 것이다.

진동을 감지하고 몰려왔지만 암석으로 인해 발을 공격할 수 없게 된 뤼나웜들은 주저하지 않고 지표 밖으로 솟구쳤다.

그렇다고 몸 전체가 완전히 지표 밖으로 나온 것은 아니다. 흙속에 꼬리 부분이 남아 있으면 그래도 강렬한 햇볕의 위험을 어느 정도 감소시킬 수 있었기 때문이다.

평소에는 외피부의 역할을 하고 있던 파르를 보호막으로 바꾼 가온은 여러 가지 방식으로 사냥을 했다.

처음에는 검기를 생성해서 급소를 찌르는 방식으로 처리

를 했는데 검기를 생성하는 마나의 소모가 컸다.

다음에는 화기로 뤼나웜을 통째로 불살라 보았는데 이 역시 마나 소모는 물론이고 시간이 걸렸다.

파르의 방호력은 대단했다. 놈들이 아무리 많이 달라붙어도 전혀 손상이 없었다.

그렇게 파르의 방호력을 믿고 다양한 방식으로 사냥을 해본 가온이 마지막으로 선택한 방식은 검기폭 스킬을 익힐 때 함께 익힌 아이스 마법을 이용하는 것이었다.

먼저 자신을 물기 위해서 튀어나온 뤼나웜의 목을 한 손으로 쥐어 잡고 아이스 마법을 건다. 그리고 얼어 버린 뤼나웜을 근처에서 가장 단단한 암반을 향해 던지자 턱 부분을 제외한 놈의 동체가 납작해졌다. 뇌와 심장 등 내부 장기가 박살이 나서 즉사해 버린다.

마나가 주입된 무기가 아니면 구멍을 내거나 벨 수 없는 질기고 두꺼운 가죽을 가지고 있다고 해도 눈에 보이지 않은 작은 구멍이 수없이 나 있었기 때문에 아이스 마법을 걸면 비교적 쉽게 몸 내부까지 얼어 버렸다.

그렇게 얼어 버린 상태에서 단단한 물체와 부딪히면 부서질 수밖에 없었다. 단단한 턱 부분이 먼저 바위와 부딪히지 않도록 주의하기만 하면 된다.

문제는 아이스 마법의 숙련도였다. 처음에는 어는 데 시간이 걸리고 골고루 얼지도 않아서 바위와 부딪힌 뤼나웜이 보기 흉한 꼴로 변했지만, 나중에는 아주 깔끔하게 포가 되어 버렸다.

숙련도가 올라가면서 뤼나웜이 순식간에 단단한 얼음덩어리가 되었고 강력한 충격 에너지로 인해서 내부 장기와 살은 완전히 미세한 얼음 조각으로 변해 버린 것이다.

그렇게 진동을 감지하고 몰려들었던 뤼나웜이 모두 끝장이 나면 파워드레인 스킬을 통해서 에너지를 마나를 흡수하고 다시 사냥을 시작했다.

가온은 아이스 마법의 숙련도가 빠르게 올라가는 것과 사냥한 뤼나웜의 숫자가 늘어나는 것 때문에 전혀 질리지 않고 자리를 옮겨 가면서 사냥을 지속했다.

'자, 이제 그만!'

가온은 안전텐트에서 곤하게 자던 세 여인이 깨어날 시간이 된 것 같아서 플라위스들의 사냥을 멈추게 했다.

그러고 보니 대략 3시간 정도에 걸쳐서 휴식도 없이 사냥을 했다.

플라위스들은 나름 영역을 나누어서 사냥을 한 것 같은데 각각의 주변에는 엄청난 숫자의 뤼나웜이 쌓여 있었다. 사냥한 만큼 허니비 비약을 주겠다고 약속해서 그런지 숫자를 알아볼 수 있게 쌓아 둔 것이다.

가온은 플라위스들이 사냥한 뤼나웜을 살피면서 내심 깜짝 놀랐다.

'이게 불과 3시간 동안 사냥한 거라고?'

새끼들까지 포함해서 플라위스 1마리당 평균적으로 500여 마리를 사냥한 것이다.

뤼나웜이 땅위로 나와 있지 않았음을 고려하면 상당히 많은 양이다.

사냥하는 도중에 잡아먹은 경우까지 감안하면 실로 엄청난 사냥 능력이었다.

게다가 이 녀석들이 사냥한 뤼나웜은 가온이 사냥한 놈들이 포의 형태가 된 것과 달리 사체가 비교적 말끔했다. 길게 구부러진 날카로운 발톱을 땅속에 집어넣어 뤼나웜의 동체를 단단히 잡아챈 후 위로 끄집어내어서 뇌와 심장 부위를 부위로 쪼는 방식으로 사냥을 했기 때문이다.

가온은 약속한 대로 녀석들에게 허니비 비약을 직접 먹여준 후 근처에서 자유롭게 쉬도록 했다.

시간이 흐르지 않는 전용 아공간에 바로 집어넣으면 비약의 효과를 제대로 누릴 수 없었고, 휴식을 취할 수도 없었기 때문이다.

가온은 앙헬을 불러 곳곳에 쌓여 있는 뤼나웜 사체를 챙기도록 지시하다가 혹시 몰라서 갓상점에 접속했다.

'갓상점과 맺은 특별 계약이 이곳에서도 적용이 될까?'

명백하게 말하면 갓상점과의 계약이 아니다. 탄 차원의 주신인 루가 사냥할 때마다 명예 포인트를 주기로 했었다. 물론 사체를 갓상점으로 넘기는 조건으로 말이다.

갓상점에 접속할 때 오른쪽 상단에 자신이 사용할 수 있는 명예 포인트가 표시가 되는데 예상한 대로 변화가 없었다.

'할 수 없지.'

이렇게 되면 경매에 올리는 수밖에 없었다. 사실 그동안이 꿀을 빤 것이지 이것이 정상이었다.

그래도 아쉽긴 했다. 탄 차원에서는 뤼나웜을 납작한 포로 만들든 구멍을 숭숭 뚫어서 죽이든 죽인 후 갓상점에 넘기면 바로 포인트를 받을 수 있었는데, 경매에 올리려면 사체가 멀쩡해야만 제값을 받을 수 있었기 때문이다.

그때 그의 아쉬운 마음이 전달되었는지 언젠가 한번 접했던 의념이 머릿속으로 전해졌다.

―온 님, 안녕하세요. 갓상점의 전담 매니저입니다.

이번이 두 번째다.

'오랜만입니다.'

―네. 온 님의 활약 덕분에 탄 차원의 주신이신 루께서 무척 기뻐하고 계십니다.

차원 이동이 탄 차원의 주신인 루와도 관계가 있는 모양이다. 어쩌면 우주의 신들은 서로 소통을 하고 있는지도 모르겠다.

'다행이군요. 무슨 일입니까?'

―이 차원의 신좌들께서 제안을 해 오셨습니다.

주신이라는 말이 빠진 것을 보면 이 세상은 많은 신이 동시에 존재하는 모양이다.

'어떤 제안입니까?'

-온 님이 변이종을 포함한 마수나 몬스터를 사냥해서 본 상점에 넘길 경우 탄 차원과 같은 기준으로 명예 포인트를 지급하시겠다고 합니다. 물론 마나석만 멀쩡하면 사체의 상태는 상관이 없고요.

안 그래도 아쉬웠는데 잘됐다는 생각이 들었다.

'좋습니다.'

앞으로 뤼나윔을 대량으로 사냥할 예정인 점을 고려하면 보상에 변함이 없다는 점만으로도 경매보다는 이쪽이 더 유리했다.

'그런데 문제가 하나 있습니다.'

-뭡니까, 고객님.

'나 혼자 사냥한 것이 아니라서 포인트를 나눠 주고 싶은데 어떻게 안 될까요?'

사냥은 같이했는데 수익은 자신이 다 차지하는 것 같아서 마음이 불편했다.

-죄송합니다.

묻자마자 칼 같은 대답이 전해졌다.

-정녕 그런 마음이 있다면 온 님이 받은 포인트 일부를 이 세계에서 통용되는 화폐로 바꾸어 전해 주면 되지 않을까요?

아! 그렇게 간단한 것을!

'덕분에 도움이 되었습니다.'

—아닙니다. 온 님 덕분에 본 상점이 얼마나 높은 매출과 수익을 올리고 있는데요. 뭐든 도와드리겠습니다.

뭐 얼마나 도움이 되는지는 모르겠지만 매니저 덕분에 고민 하나를 해결했다.

'아! 그런데 동일한 물품인데 왜 가격이 이렇게 큰 차이가 나는지 모르겠네요.'

플라위스 때문에 생물 전용 아공간 아이템을 하나 더 구입하려고 했는데 가격이 이전에 비해 무려 100배에 달했다. 전에는 불과 2천 포인트에 구입했는데 무려 20만 포인트로 책정이 되어 있었다.

—물품을 확인해 봐야 알겠지만 공간의 차이가 크지 않을까 싶습니다. 만약 그것이 아니라면 수량이 현저하게 줄어서 가격이 상승했을 수도 있고요.

설명을 듣고 보니 아이템 이름과 가격만 확인했지 내용까지 살펴보지 않았던 것이 생각났다.

'그렇군요. 설명 감사합니다.'

—아닙니다. 저희가 더 감사하지요. 더 묻고 싶은 것이 있으시면 첫 화면의 가장 하단에 있는 귀 모양의 상자를 클릭해 주십시오. 온 님은 본 상점의 귀한 고객이시니 최선을 다하겠습니다.

갓상점 매니저와 의념 대화를 마친 가온은 생물 전용 아공간 팔찌에 대한 정보를 다시 살펴봤다.

'확실히 공간이 다르네!'

다른 내용은 동일했는데 이전의 것은 아공간의 크기가 100입방미터인 데 반해서 20만 포인트짜리는 1만 입방미터였다.

'그럼 그동안에는 꾸겨서 넣은 것이나 마찬가지였던 거네.'

그 생각을 하자 플라위스들에게 좀 미안했다.

'이참에 업그레이드를 하자.'

가온은 바로 새로운 전용 아공간 팔찌를 구입했다. 이 차원에서 얼마나 더 있을지는 모르겠지만 아공간은 클수록 좋았고, 확인한 플라위스의 사냥 능력이라면 이 정도 포인트는 금방 복구해 줄 것이다.

그런 후에 앙헬을 소환해서 오늘 사냥한 뤼나웜을 모조리 갓상점에 넘겼다.

그런 후 들어온 포인트를 확인했는데 결과가 아주 놀라웠다.

본격적인 사냥

　'생각보다 등급이 낮긴 하지만 웜의 변종임을 고려하면 비교적 타당한 등급이야.'

　뤼나웜은 갓상점이 제시한 기준표에서 9.3등급이었다.

　10등급은 자이인트 앤트나 슬라임과 같은 마수였는데 그보다는 높은 등급으로 마리당 얻을 수 있는 포인트는 0.7이다.

　그래서 획득한 포인트를 확인해 보니 무려 5만 포인트에 육박했다.

　'그럼 플라위스들이 대략 6만 마리를 사냥한 거구나.'

　오전에 1만 마리 정도를 사냥했으니 오늘 하루에만 대략 7만 마리 가까이 사냥했다는 의미였다.

　'완전히 뤼나웜 전문 사냥꾼이네.'

물론 가온에게 예속되었기 때문에 사냥을 하는 것이지 원래 상태였다면 배를 채운 후에는 더 이상 사냥을 이어 가지 않았을 것이다.

아무튼 이렇게 되면 얘기가 달라진다.

시간이 지나 사냥의 효율이 올라갈 것을 고려한다면 의뢰 완수와 관계없이 뤼나웜 사냥은 '동화의 인'을 구입하기 위해서 3억 명예 포인트를 벌겠다는 목표를 달성하는 데 아주 도움이 되는 것이다.

'사냥의 효율을 두 배로 높여서 하루 평균 10만 포인트를 번다고 가정하면 100일 동안 1천만 포인트를 추가로 벌 수 있어! 앞으로 열심히 사냥을 해야겠네.'

사실 뤼나웜 사냥은 다른 사냥에 비해서 시간도 오래 걸리고 지루하며 심력의 소모도 심했는데, 결과가 이렇게 좋으니 그럴 만한 가치가 있었다.

가온은 갓상점의 환전 카테고리를 찾아서 명예 포인트 대비 이 세계의 금편의 가치를 확인했다.

'1 대 14라.'

지구나 탄 차원의 금화처럼 정성이 들어간 것도 아닌 것 같은데 모양과 중량만 맞춘 순금에 손상이 되지 않도록 마법 처리를 한 이곳의 금편은 탄 차원의 골드는 물론 생각보다 가치가 높았다. 실제로 가온이 체감한 금편의 가치도 그 정도는 되는 것 같다.

'아레오와 아나샤 그리고 차링에게는 일단 가지고 있는 금편으로 보수를 지급하고 플라위스들은, 음. 아무래도 생명의 아공간에 한번 다녀와야겠네.'

플라위스들의 성장에 도움이 될 수 있는 허니비 꿀과 로열젤리가 더 필요했다.

갓상점을 접속 해제한 가온이 확인을 해 보니 플라위스들이 정리한 면적이 오전에 자신들이 정리한 영역보다 훨씬 더 넓었다.

'대략 다섯 배는 되겠어.'

하긴 마릿수만 비교해 봐도 그 정도는 될 것이다.

플라위스들이 사냥한 놈들을 대상으로는 파워드레인 스킬을 쓸 수 없는 것이 좀 아쉬웠지만, 그 부분은 어쩔 수가 없었다.

'앞으로는 오전과 오후로 나누어서 사냥을 해야겠네.'

오늘은 한계를 알아보기 위해서 세 여인이 지칠 때까지 사냥을 하도록 했지만 내일부터는 그 전에 사냥을 멈추게 할 것이다.

어쨌든 오늘 정리한 구간은 길이로만 대략 7킬로미터 정도 된다. 오전에 1.2킬로미터, 오후에 6킬로미터를 정리한 것이다.

처음에는 뤼나웜이 서식하는 영역이 경계 부분에서 30미터 거리라는 사실을 염두에 두었지만 그럴 필요는 없었다.

에링과 타링이 미끼가 되었기 때문에 근처에 있는 모든 뤼나웜이 몰려들었다.

그런 생각을 하던 가온이 갑자기 탄성을 질렀다.

"아!"

뤼나웜의 알을 생각하지 못했다.

'어쩔 수 없네.'

이 세계에는 존재하지 않는 정령의 소환을 가급적 피하려고 했지만 어쩔 수 없이 카오스와 카우마를 소환했다.

'정리한 구간에 있는 뤼나웜의 알을 찾으면 카우마에게 알려 줘. 카우마는 열기로 녹여 버리고.'

─너무 쉬운 일인데.

─제게도 너무 간단한 일이에요.

정말로 둘에게는 너무 쉬운 일이었는지 그렇게 불평을 했지만 순식간에 사라졌다.

그런데 의외의 의념이 전해졌다.

─가온 님, 주위에 불안정한 상태지만 생체에 쉽게 깃드는 성질의 마나가 죽음의 기운과 함께 농후하게 퍼져 있는데 모아 두면 어떨까요?

가온은 모둔이 말하는 마나가 마기라는 사실을 알고 있었기에 조금 놀랐다.

본래 마나는 대기 중으로 빠르게 확산이 되는 것으로 알고 있는데, 뤼나웜의 마기는 그렇지 않은 모양이다.

'부탁할게.'

나중에 쓸 일이 있을지는 모르지만 의뢰의 내용을 생각하면 이런 식으로 마기를 제거하는 것도 업적에 포함될 수도 있었다.

가온은 곧바로 갓상점에 접속해서 에너지 저장 구슬을 대량으로 구입해서 모둔에게 넘겨주었다. 빈 저장구는 그리 비싸지 않았다.

안전텐트로 돌아오니 아나샤가 막 일어난 얼굴로 텐트 밖으로 나오고 있었다.

잠들기 전만 해도 굉장히 피곤한 얼굴이었는데 숙면을 취해서 그런지 많이 좋아졌다.

"온 랑!"

나쁜 꿈이라도 꾼 것인지 달려온 아나샤가 가온의 품으로 파고들어 그의 체온과 체취를 확인하고서야 얼굴이 편안해졌다.

"힘들었지?"

"힘이 들긴 했지만 세상을 멸망시키고 있는 위험한 존재들을 처리하는 일이라서 무척 뿌듯해요."

신을 모시는 사제다운 대답이었다.

"체력은 좀 올라온 것 같은데 신성력은 어때?"

"완전히 바닥이 났는지 푹 잔 것으로는 회복이 더디네요. 기도를 올려야 할 것 같아요."

아무래도 오늘 밤이라도 생명의 아공간에 다녀와야 할 것 같다. 허니비 꿀과 로열젤리는 체력은 물론이고 마나 등 에너지의 양도 늘려 주는 천연 영약이니 말이다.

"그럼 밖으로 나가지."

안전텐트의 영역은 일종의 아공간이라서 던전처럼 우트신의 신성력이 전해지지 않을 가능성이 높았다.

"왜요? 그러고 보니 이건 뭐죠? 신기하게 생긴 천막이네?"

이제야 안전텐트를 살펴보는 아나샤의 눈에는 강한 호기심이 깃들어 있었다.

"생물이 인지할 수 없는 일종의 아공간을 생성하는 아이템이야. 그래서 우트님과 연결이 되지 않을 수 있기에 밖으로 나가자고 한 거야."

"와아! 이런 물건이 있었다니. 아! 그럼 이것도 갓상점에서 구입한 거예요?"

이런 물건이 있다는 소리는 한 번도 듣지 못했기에 당연히 할 수 있는 생각이었다.

"맞아. 어지간한 마수나 몬스터는 아예 이 아이템을 인지

예지몽으로
히든랭커

하지 못하고, 소리는 물론 냄새도 밖으로 새어 나가지 않아서 밤에도 안심하고 쉴 수 있어."

"여행하는 사람들에게는 꼭 필요한 물건이네요. 그럼 기도를 하려면 일정한 거리를 유지해야 하겠네요?"

"맞아."

가온은 아나샤를 안전텐트의 범위 밖으로 안내해 주었다.

"내가 지키고 있을 테니 안심하고 기도해."

"홋! 고마워요, 온 랑. 보통 전사들은 이렇게 다정하지도, 배려를 해 주지도 않는다는데, 온 랑은 정말 우트님이 제게 보내 주신 선물 같아요."

"선물은 무슨."

멋쩍었던 가온은 그저 미소만 지었다.

그렇게 아나샤가 기도를 시작하고 얼마 후 아레오와 차링도 차례로 깨어났고, 마력과 원소력을 회복하기 위해서 명상을 시작했다.

세 사람은 해가 질 무렵이 되어 기도와 명상을 마치더니 저녁은 자신들이 직접 조리를 해 보겠다고 했다.

"그럼 난 잠시 주위를 둘러보고 올게."

그렇게 개인적인 시간을 확보한 가온은 적당한 곳에서 생명의 아공간으로 이동했다.

정령들부터 시작해서 엘프족과 모라이족까지 그를 열렬히

환영했다.

"요즘은 왜 이렇게 뜸하세요? 던전과 같은 장소에 들어가셨다는 말을 들었는데, 위험한 곳이라면 저희가 도와드릴 수 있어요."

가온의 방문 소식을 듣고 몰려든 사람들을 대표해서 에르넬 원로가 물었다. 가온의 영혼과 연결된 아공간에 거주하는 것은 마찬가지지만, 정령들은 실시간으로 가온에게 일어나는 일을 지켜볼 수 있지만 다른 사람들은 그것이 불가능했다.

요즘은 정령들과 많이 친해진 엘프들 일부가 정령들에게 가온의 일을 물어보는 식으로 궁금증을 해결하고 있었는데, 가온이 있는 곳이 이세계이고 자주 소환하지 않아서 정령들이 상황을 제대로 파악하지 못해서 설명을 제대로 못 한 것이다.

"그게……."

가온은 차원 이동을 한 것부터 시작해서 이 세계의 상황, 그리고 자신이 현재 하고 있는 일들을 짧으면서도 핵심만 짚어서 얘기를 해 주었다.

"보상 조건 때문에 정령들도 거의 소환하지 않으신 거군요."

"그렇습니다. 반드시 구입하려는 아이템이 있는데 워낙 가격이 비싸서 추가 보상을 받아야 하거든요."

두 번째 예지몽을 생각하면 꼭 필요한 아이템이었다.

"저희가 도울 수 있다면 좋을 텐데, 정말 아쉽네요."

"안 그래도 차원 이동한 직후에 들러서 상황을 알려야 했는데, 궁금하게 만들어서 모두에게 미안합니다."

"아, 아니에요."

"그런데 이젠 황무지가 많이 안 보이는군요."

10배수로 몇 번이나 확장되어 좁은 중심부를 제외하고는 온통 황무지였던 아공간이 지금은 3분의 1 정도는 녹지로 변해 있었다.

"모라이족과 더불어 숲을 가꾸고 작물과 가축을 키우느라고 바빴습니다."

그래서인지 생명의 아공간에서 느껴지는 마나의 향기는 무척 상쾌하고 짙었다. 루시아보다 마나의 농도가 더 짙은 것 같았다.

"뭐 필요한 건 없습니까?"

탄 차원에 비하면 모든 것이 부족한 세상이지만 그래도 필요한 것이 있으면 뭐든 구해 줄 용의가 있었다.

"온 님이 얼마나 풍족하게 지원해 주셨는데 부족한 것이 있을 리가 있습니까?"

에르넬 원로는 그렇게 말했지만 일부 사람들의 얼굴은 뭔가 할 말이 있는 표정이 떠올라 있었다.

그래도 당장 필요한 것들은 없는지 끝내 입을 열지 않았다.

'나중에 필요하면 얘길 하겠지.'

이제 자신이 필요한 것을 꺼낼 차례다.

"허니비의 꿀과 로열젤리가 좀 필요한데, 여유분이 있습니까?"

자신과 일행을 위해서도 그렇지만 플라위스의 사냥 욕구를 자극하려면 더 많이 필요했다.

"안 그래도 준비가 되었는데 가온 님이 하도 안 오셔서 카오스에게 부탁을 하려고 했습니다."

로데나 원로가 이 부분의 책임자인지 그렇게 말을 하더니 전사들을 불러 쌓아 둔 물건들을 가지고 오게 했다.

"이렇게 양이 많습니까?"

가온이 일전에 들렀을 때 요청하기에 구해 주었던 수만 개의 포션 병들은 물론이고 와인 통 열 개에 허니비 꿀이 가득 채워져 있었다.

그리고 로열젤리도 커다란 맥주 통 두 개를 가득 채울 정도로 많았다.

"모라이족의 합류로 숲과 경작지가 급속하게 확장되었기 때문에 허니비의 숫자도 엄청나게 늘었습니다. 게다가 신기하게도 허니비는 모라이족은 공격하지 않아서 수시로 작업을 할 수 있었습니다."

"안 그래도 쓸 일이 많았는데 다행입니다."

자신의 의뢰에 꼭 필요한 세 사람은 물론 플라위스의 능력을 높이는 데 이것들이 필요했기에 정말 기뻤다.

"그리고 이건 자연의 정수이고 요건 세계수 꽃으로 생산한 꿀과 로열젤리입니다. 꼭 온 님만 드십시오."

세계수의 화분으로 생산한 꿀과 로열젤리라면 효능이 훨씬 더 뛰어날 것이다.

"이 아공간 주머니에 맥주와 와인도 충분히 넣어 두었습니다. 지난번에 비해서 세 배 정도 많습니다."

데이린 장로와 모라이족 족장인 알름까지 추가로 선물을 주었다.

"모두 꼭 필요한 물건들이었습니다. 정말 감사합니다."

가온은 이들이 이 물건들을 생산하고 만드는 데 얼마나 많은 공을 들였을지 잘 알고 있었기에 진심으로 고마웠다.

"빨리 온 님이 저희를 필요로 하는 날이 왔으면 좋겠어요."

대전사장들을 대표해서 가온 주위에 자리를 잡은 시르네아가 아쉬운 얼굴로 말했다.

가온은 시르네아의 입장을 충분히 이해했다. 엘프 전사들이 아무런 위험이 없는 생명의 아공간에서 할 수 있는 일은 오직 수련밖에 없는데 원래 수련이라는 것이 지루할 수밖에 없었다.

"이번 의뢰가 끝나면 여러분의 힘이 필요한 일을 하게 될 겁니다."

탄 차원으로 돌아가면 그때부터는 대원들은 물론 엘프 전사의 힘까지 동원해서 던전 공략에 최선을 다할 생각이다.

그것이 동화의 인을 구입할 수 있는 명예 포인트를 가장 빨리 획득할 수 있는 방법이라고 생각한 것이다.

"전사들이 이 소식을 들으면 무척 좋아할 것 같아요. 기대하면서 열심히 땀을 흘릴게요."

시르네아는 정말 기뻤는지 함박웃음을 지었다.

그렇게 시작된 뤼나웜 사냥은 순조롭게 진행되었다.

가온은 오전에는 아레오, 아나샤, 그리고 차링과 함께 뤼나웜을 사냥했고, 오후에는 플라위스들과 사냥을 했다.

세 여인은 오후에는 주로 명상과 기도를 통해서 오전에 소모한 힘과 심력을 회복하는 데 진력을 기울였다.

밤에는 차링을 제외한 세 사람은 뜨거운 사랑을 했다.

가온도 그렇지만 나이가 꽤 찬 상태에서 이제 사랑을 시작하며 성의 즐거움을 경험한 아레오와 아나샤도 적극적으로 사랑의 행위를 즐겼다.

다행히 안전텐트 바로 옆에 따로 준비한 천막을 치고 그 안에서 에링과 타링을 품에 안고 자는 차링은 삼이 많은 편이었고, 잠귀도 어두운 편이라서 세 사람은 그녀의 존재를 의식하지 않고도 사랑의 행위를 마음껏 즐길 수 있었다.

신기한 것은 음양대법에 따라 사랑을 나누고 나면 어느새 심신의 피로가 풀려 있었고, 각자의 에너지도 소량이지만 늘어난다는 것이다. 물론 느낄 수 있는 쾌감이나 만족감의 정도도 확연하게 높아지고 있었다.

아나샤를 통해 전해 받는 우트 신의 신성력도 유의미하게 증가하고 있어, 가온도 두 사람과의 사랑을 적극적으로 즐기고 있었다.

시간이 흐르면서 사냥의 효율은 빠르게 증가했다. 매일 정리하는 구간의 길이가 몇백 미터씩 늘어나고 있었다.

일주일이 지난 지금 정리한 구간의 길이는 대략 60킬로미터에 달했다.

"신기해요! 어느 순간 정체되었던 원소력이 매일 큰 폭으로 증가하고 있어요. 에링과 타링도 다 큰 줄 알았는데 조금씩이지만 성장하고 있고요."

"나도 그래. 4등급이 된 후 굉장히 느리게 늘어나던 마력이 요즘은 뭉텅이로 늘어나는 것 같아."

"호호호. 나만 그런 줄 알았는데. 온 랑, 이거 우리가 매일 먹고 있는 두 종류의 고기와 과일 그리고 꿀이 포함된 음료 덕분인 거죠?"

차링과 아레오는 별생각 없이 결과만 신기하게 생각했지만, 아나샤는 그 이유를 어느 정도 알고 있었다.

"맞아. 고기나 과일 들도 그렇지만 힘이 소진되었을 때 마시는 꿀물도 소량이지만 힘을 늘려 주지. 하지만 가장 큰 이유는 세 사람에게 있어."

"그건 무슨 소리예요?"

"내가 알기론 바닥까지 비웠다가 다시 채우는 과정을 반복하면 그릇은 물론 담을 수 있는 에너지의 양도 증가해. 물론 보통의 경우에는 혹시 모를 사태에 대비해서 바닥까지 비우지는 않기 때문에 잘 모르겠지만."

새로운 사실을 알게 된 세 사람의 눈이 반짝거렸다.

가온이 말해 준 건 처음 듣는 내용이었다. 보통은 혹시 모를 상황에 대비해서 에너지가 바닥이 날 때까지 사용하는 일은 없다.

"그런데 정말 대륙이 크긴 한가 봐요."

벌써 정리를 시작한 지 일주일이 지났지만 일행이 정리한 거리는 그리 길지 않았다.

"우리보다 플라위스들이 정리한 구간이 더 넓다는 사실에 자존심이 상해요."

"그래도 세 사람의 능력이 조금씩 높아지면서 하루에 정리하는 구간이 늘어나고 있잖아. 언젠가는 모두 정리할 수 있을 거야."

뤼나웜 사냥을 시작하기 전까지만 해도 마음이 급했던 가온은 오히려 느긋해졌다.

'매일 6만 이상의 명예 포인트가 쌓이고 있으니 무리할 필

요가 없어.'

지속해서 뤼나웜의 개체 수를 줄이고 서식지를 없애는 것은 물론 모둔이 마기를 흡수하고 있었다. 시간이 오래 걸릴 거라는 사실을 확실하게 각오하면 나쁠 것이 없는 환경이었다.

"이 세상을 멸망시킬 수 있는 위험한 존재를 정리한다는 건 멋지고 기쁜 일이지만, 사실 지루하긴 해요. 사람들이 알아주는 것도 아니고 던전처럼 명예 포인트도 주지 않으니까요."

"차링의 말대로 그런 부분이 없진 않지만, 우리가 세상을 위해서 아주 대단한 일을 하고 있다는 사실만으로도 나는 만족해. 게다가 매일 조금씩 성장하고 있잖아."

"나 역시 우트님의 의지를 실현하고 있다는 사실만으로도 아무 불만이 없어. 무엇보다 온 랑도 바로 우리 곁에 있고."

살짝 불만을 토로했던 차링은 아레오와 아나샤의 반응에 입을 삐죽 내밀었지만 마땅히 대꾸할 말이 없었다.

'쳇! 언니들이야 온 전사님의 사랑을 받으니까 곁에 있는 사실만으로도 행복할지 몰라도, 쳐다만 봐야 하는 나는 다르다고요!'

물론 그런 마음은 드러낼 수는 없었다. 만난 지는 얼마 되지 않았지만, 자신을 너무 아껴 주고 미모는 물론 능력마저 출중한 언니들이다.

이렇게 마음이 헛헛할 때는 화제를 돌려야 했다.

"그런데 온 님은 어떻게 플라위스를 길들인 거예요? 플라위스를 길들일 수 있다는 말은 들어 본 적이 없는데…….."

차링의 물음에 아레오와 아나샤도 궁금한 얼굴로 가온을 주시했다.

"과정은 나도 잘 모르겠네. 던전에서 얻은 포인트로 귀속의 인장이라는 아이템을 구입해서 사용한 결과거든."

자신도 에링과 타링을 가족처럼 길들였기 때문에 궁금했을 테지만, 가온은 요즘 세 여인이 가지는 의문에 대한 가장 훌륭한 대답이 될 수 있는 던전과 전용 아이템을 언급했다.

자신의 설명만 듣고 행여 감당할 수 없는 마수를 길들이겠다고 시도했다가 위험해질 수도 있었다.

"그렇구나. 역시 던전을 공략해야 하는데…….."

방금 전까지만 해도 현재 상황에 만족하는 것 같았던 아레오와 아나샤도 이번에는 좀 흔들리는 얼굴이다. 그만큼 두 사람에게 있어 갓상점은 놀라운 존재였다.

아나샤가 구입해서 익힌 홀리아이스 신성 마법도 그렇지만, 아레오가 호기심으로 구입한 음양대법의 효과는 너무 확실했다.

매일 밤 함께 대법을 수련하면서 자신들도 외모나 피부 그리고 건강 면에서 눈에 띄는 긍정적인 효과를 확인했다.

무엇보다 사랑하는 감정이 깊어지고 행복감과 만족감이

높아지면서, 제2의 음양대법과 같은 것을 구하고 싶은 욕심이 들었기에 던전 공략이라는 말에 흔들릴 수밖에 없었다.

그녀들의 말을 듣던 가온은 지금이 생각하고 있었던 보상을 지급해야 할 때라고 생각했다.

'앞으로의 사냥에 대한 동기부여는 확실하겠어.'

사냥을 시작한 첫날부터 보상을 줄 수도 있었지만 필요성을 간절하게 느낄 때 주어야만 제대로 동기부여가 될 수 있다고 생각했었다.

"그래서 말인데 사실은 그동안 우리가 사냥한 뤼나웜의 부산물을 갓상점의 경매에 올리고 있어."

"정말요?"

이런 얘기는 처음 듣기에 세 사람은 휘둥그레진 눈으로 가온을 주시했다.

"우리가 사냥한 뤼나웜의 경우 마리당 0.003포인트 정도로 낙찰이 되더라고."

실제로 경매에 올려 봤기 때문에 확실했다. 자신들이 사냥한 뤼나웜의 경우 검기의 파편으로 몸통에 구멍이 숭숭 뚫려 있기 때문에 제 가격을 못 받는 것이다.

하지만 가온도 그렇게 손상된 뤼나웜이 어떻게 그 정도 포인트에 낙찰이 되는지 궁금했다.

참고로 플라위스들이 사냥한 뤼나웜 사체의 경우는 손상이 거의 없기 때문에 보통 0.3포인트에 낙찰되었다. 무려

100배나 높았다.

그렇기 때문에 갓상점과의 특별 계약을 통해 사체 상태와 상관없이 마리당 0.7포인트를 받는 것이 얼마나 큰 특혜인지 알 수 있었다.

그렇지만 세 여인에게는 경매 가격만 알려 주었다. 그녀들 역시 갓상점에 접속할 수 있기에 마음만 먹으면 확인할 수 있기 때문이다.

"그, 그럼?"

"우리가 오전에 사냥해서 잡은 뤼나웜이 대략 1만 마리 정도라서 대략 30포인트 정도를 획득했어."

검기폭에 죽은 사체는 온몸에 구멍이 숭숭 뚫려 있기에 1만 마리를 경매에 올려도 그 정도 포인트밖에 얻을 수 없었다.

"우리가 그렇게나 많이 사냥한다고요?"

세 사람은 정리를 하는 구간에만 신경을 썼지 죽은 뤼나웜에는 신경을 거의 쓰지 않았기에 깜짝 놀랐다.

"그래서 4등분을 하면 한 명당 하루에 대략 7.5포인트 정도를 획득하는데, 알고 있겠지만 포인트는 양도를 못 하잖아. 그래서 포인트와 금편의 환율인 1 : 14를 적용한 105금을 내가 매일 줄 거야. 그럼 낭신들은 그 금편을 갓상점에서 다시 명예 포인트로 바꾸어서 사용을 하면 돼. 말이 나온 김에 일주일 치에 해당하는 735금씩을 줄 테니까 당장 포인트로 바꿔 봐."

그 정도의 금편은 없었기에 어제 갓상점에서 포인트를 금
편으로 바꿔 두었다.

가온의 설명이 좀 길기는 하지만 이해를 하지 못할 사람들
도 아닌데, 셋 다 한참 말없이 눈만 끔뻑거렸다.

세 여인은 뤼나웜이 그 정도로 가치가 높을 거라고는 한
번도 생각해 본 적이 없었다.

그저 세상에 엄청난 해악을 끼치는 마수라고 생각하기만
했던 것이다.

게다가 그 뤼나웜 사냥으로 하루에 무려 100금이 넘는 돈
을 벌 수 있다니 잠시 사고 능력이 멈출 수밖에 없었다.

시간이 좀 많이 흐른 후에야 현실 감각을 되찾은 차링이
입을 열었다.

"저는 그거 못 받아요."

"그게 무슨 소리야?"

"애초에 뤼나웜을 사냥해서 금편을 벌 수 있을 것이라고
전혀 생각하지도 않았어요. 게다가 제가 한 일이라고는 땅을
뒤집는 것밖에 없고요. 게다가 어차피 온 님에게 따로 보수
를 받기로 하고 고용이 된 상태고요. 그러니 못 받아요."

어떻게 생각하면 아예 틀린 얘기는 아니다. 고용을 한 상
태이기에 그 결과는 가온이 챙겨도 할 말이 없는 것이다.

"그럼 계약을 파기해."

하루에 105금이라는 거금을 벌 수 있으니 당연히 계약을 파기하는 쪽이 차링에게 절대적으로 유리했다.

"그럴 수는 없어요. 온 님이 아니었다면 갓상점이라는 것이 있는 것조차 모르고 살았을 거예요. 저는 그냥 원래 계약한 대로만 받을게요."

"온 랑, 차링도 차링이지만 우리는 뮈나윔 사냥에서 온 랑과 대등한 지분을 받을 수는 없어요."

"맞아요. 우리 지분은 잘 쳐주어야 1할 정도에 불과해요. 게다가 온 랑은 우리를 위해서 에너지를 늘려 주는 영약까지 구해서 먹여 주고 있잖아요. 정 주고 싶으면 차라리 하루에 2포인트에 해당하는 28금씩만 주세요. 그럼 받을게요."

아레오가 그렇게 말을 하자 아나샤 역시 크게 고개를 끄덕였다.

"그 정도라면 받을 수 있어요. 그래도 하루에 2포인트나 버는 것이니 우리에게는 무척 큰 보상이라고요."

그럼에도 불구하고 차링은 절대로 못 받겠다고 한동안 거부를 하다가 결국은 아레오의 말에 따르기로 했다.

어쨌든 그렇게 결정이 되자 가온은 곧바로 세 여인에게 일주일 치에 해당하는 196금씩을 주었다.

세 사람은 이전에는 한 번도 가져 본 적이 없는 거금이 믿어지지 않는지 조금은 멍한 얼굴이 되었다.

"그리고 내 생각이니까 참고만 해. 지금 세 사람에게 필요

한 것은 조금씩 달라. 차링은 원소력을 높일 수 있는 영약이
나 원소술과 관련된 스킬이 필요하고, 아레오는 마력을 빠르
고 안전하게 쌓을 수 있는 마력 서킷, 그리고 아나샤는 신성
력의 회복을 촉진할 수 있는 스킬이 필요한 것 같아."

"그런 것들을 구입하려면 어느 정도의 포인트가 필요할까
요?"

가온의 조언에 아레오가 물었다.

"대략 50포인트 정도면 구입할 수 있을 거야."

언젠가 지나치듯 봤기에 확실한 것은 아니지만 기본 영약
이나 기초 스킬에 해당하는 스킬북 혹은 매직북은 그 정도면
구입할 수 있을 것이다.

"알겠어요. 앞으로 뤼나웜 사냥을 열심히 할 이유가 하나
더 늘었네요."

말은 아레오가 했지만 세 사람 모두 같은 마음일 것이다.

'성공했네.'

바로 갓상점에 접속하는 것을 보니 뤼나웜 사냥에 대한 동
기부여는 확실히 된 것 같았다.

세 사람은 에너지 회복을 위한 시간을 가진 후 밤이 될 때
까지 갓상점의 물품 리스트를 샅샅이 훑으며 자신이 필요로
하는 것을 고르는 시간을 가졌다.

물론 그녀들 역시 강한 향상심을 가지고 있기에 자신의 능
력을 급속도로 성장시켜 줄 수 있는 스킬이나 아이템을 찾게

되면 몇 시간 동안 거기에 푹 빠졌지만, 그런 것들은 엄청난 명예 포인트가 필요했기에 눈물을 머금고 다음을 기약해야만 했다.

그래도 각자 50포인트에 맞추어서 구입할 품목을 정한 것 같았다. 다음 날을 기다리는 그녀들은 마치 소풍날을 기다리는 아이들처럼 들떠 있었다.

당연히 사냥에 임하는 자세 자체가 달라졌다. 시작부터 끝까지 열의를 가지고 최선을 다하기 시작한 것이다.

결과적으로 사냥의 효율이 높아지고 있었다.

처음에는 자신의 남자가 하는 일이라서 혹은 고용이 되었기에 시작한 일이지만 이젠 사정이 달라졌다. 사냥의 결과에 따라서 자신들이 받는 몫 자체가 달라지니 최선의 기준 자체가 달라져 버린 것이다.

날마다 사냥하는 뤼나월의 숫자가 늘어나고 세 사람이 획득하는 포인트 역시 늘어나고 있었다. 모두 자신의 한계를 극복하고 있는 것이다.

가온은 사람의 능력이라는 건 마음먹기에 따라 크게 달라질 수 있다는 사실을 다시 한번 느꼈다.

퍼지는 소문

일주일 후 50포인트씩을 맞춘 세 사람은 점심 식사는 안중에도 없고 바로 갓상점에 접속했다.

"됐어!"

차링이 매직북으로 보이는 아이템을 손에 쥐고 펄쩍펄쩍 뛰었다. 기쁨으로 가득한 얼굴을 보니 원하는 아이템을 구입한 모양이다.

곧이어 아레오와 아나샤도 매직북과 스킬북을 손에 넣고 환하게 웃었다.

얼마 후 세 여인은 자신이 구입한 것에 대해서 털어놓았다.

"저는 원래 영약을 사려고 했지만 원하는 건 너무 비싸서 차라리 지금보다 원소력을 더 다양하고 복잡하게 사용할 수 있는 스킬북을 샀어요."

"저는 온 랑의 조언대로 기본 마력 서킷을 익혀 보기로 했어요."

"저도 온 랑의 조언대로 신성력을 빠르게 회복시켜 주는 홀리필링이라는 신성 마법을 익혀 보려고요."

"셋 다 잘 선택했네."

각자에게 필요한 것을 잘 골랐다는 생각이 들었다.

스킬을 익힌 세 사람의 전력이 눈에 띄게 높아졌다.

차링의 경우 단순히 원소력 그 자체를 발휘하는 것을 넘어서 세밀한 운용이 가능해졌다. 이전에는 대지를 흔들거나 바닥을 뒤집는 정도였다면, 이젠 흙을 일정한 모양으로 만들어서 빠르게 솟구치게 만들 수도 있게 되었다.

또한 한 번에 뒤집을 수 있는 면적이 1.5배로 증가했다.

꾸준히 비약을 복용하면서 원소력을 바닥까지 소모한 뒤 채우기를 반복했으며, 원소력의 양은 물론 응용력까지 높아지자 그런 결과가 나온 것이다.

기본 마력 서킷을 익힌 아레오는 그야말로 비약적인 성장을 하기 시작했다.

이 세계의 마법은 의념 마법에 속하기 때문에 마력의 양도 중요했지만, 그보다는 개인의 의지력과 연상력에 좌우가 된다.

물론 마나를 느낄 수 있는 친화력은 당연히 있어야 하지만 마나링을 만들고 마력을 쌓는 과정 모두가 강력한 의지력에 달려 있었다.

명상법이 호흡을 통해 마나를 마력으로 치환해서 쌓거나 회복하는 과정에 도움을 주기는 하지만, 일정한 마나로드를 순환하는 방식은 아니었다.

아레오를 곁에서 지켜보며 마법에 대한 꽤 많은 대화를 나눈 가온은 이 세계에는 마력 서킷이 존재하지 않는다고 생각했지만, 그건 아니었다.

"이거였어요!"

"뭐가?"

"최근 10여 년 전부터 대를 이어 마법사를 배출하는 가문들이 늘어나고 있어요. 그래서 많은 마법사들은 예전과 달리 마법에 대한 재능도 유전이 되는 것이 아닐까 하고 생각을 바꾸고 있어요."

그렇다면 예전에는 그렇게 생각하지 않았다는 것이다.

"그런 가문의 젊은 마법사들은 어릴 때부터 두각을 나타내는 것은 물론이고 질투가 날 정도로 성장이 무척 빠르더라고요."

"그런데?"

"그런 가문들은 이런 마력 서킷을 보유하고 있었던 거예요. 그들의 마력은 단순히 타고난 재능과 강한 연상력 그리고 의지력으로 쌓은 마력과는 다른 효율을 보이거든요."

"그런 경우는 던전에서 얻은 명예 포인트를 이용해서 마력 서킷을 구입해서 자식에게 전수했다는 거야?"

아나샤가 대화에 끼어들었다.

"그럴 가능성이 아주 높아요. 사실 예전에는 세상에 알려진 마법사 가문은 그리 많지 않았거든요. 그 외의 경우 마법사의 자식이라고 해서 마법사가 되는 경우는 아주 희박했어요. 그런데 최근 10여 년 사이에 마법 분야에서 두각을 나타내는 젊은 친구들이 많이 출현했는데, 상당수가 4등급 이상의 고위급 마법사의 자식들이었어요. 그들의 부모는 진작에 던전을 출입했고, 보상으로 갓상점에 접속해서 마력 서킷을 구입해 익힌 거지요."

가온도 아레오의 추측이 사실일 거라고 생각했다.

"아무튼 온 랑 덕분에 아레오도 그들과 같은 반열에 올라선 거네."

"맞아요. 온 랑이 아니었으면 이런 것이 존재하는지도 모르고 치고 올라오는 젊은 애들한테 기가 죽을 뻔했어요. 온 랑, 고마워요."

아레오가 그렇게 말하면서 가온에게 안겼다.

"그런데 언니가 익힌 홀리필링의 효과는 어때?"

가온도 잠깐 들은 홀리필링 스킬은 50포인트짜리라고 생각하기에는 굉장히 효율이 높았다. 다만 기도와 동시에 일종의 마나 연공을 하는 내용이기 때문에 동시에 두 가지 일을 할 수 있는 특이한 능력을 요구했다.

다행히 아나샤는 기도를 하는 동시에 다른 일을 할 수 있는 능력자였고, 홀리필링 스킬을 제대로 익힐 수 있었다.

"신성력 회복에 걸리는 시간이 절반으로 줄었어. 탈력감도 현저하게 줄어들었고. 이게 모두 온 랑 덕분이야."

그렇게 말한 아나샤가 비어 있는 가온의 한쪽 품으로 안겨들었다.

가온 일행이 그렇게 뤼나웜 사냥을 하고 있을 때 야쿰바에 의해서 뤼나웜에 대한 소문이 사람들 사이에 급속도로 퍼지고 있었다.

－뤼나웜은 물을 타고 이동할 수 있지만 소금을 싫어해서 바다에는 들어가지 않는다.

－뤼나웜에 소금을 뿌리면 발광을 하며 도망을 치고 많은 양에 노출이 되면 죽음에 이른다.

－지하 1미터까지 소금물을 적셔 두면 뤼나웜이 접근하지 않는다.

－이 정보는 '온'이라는 미스릴급 전사와 원소술사, 마법

사, 사제로 구성된 소규모 팀이 목숨을 걸고 뤼나웜을 토벌하면서 알아낸 사실이다.

그런 소문들은 주로 상인과 전사 들의 입을 통해 빠르게 퍼졌는데, 호기심이 많은 사람들에 의해서 사실로 밝혀졌다.

뤼나웜이 출몰하는 곳에 대량의 소금물을 뿌리거나 붓자 놈들을 더 이상 볼 수가 없었고, 새벽에 밖으로 나와서 활동하는 뤼나웜들에 소금을 뿌리거나 다량의 암염 가루를 던지자 땅속으로 도망치거나 발광을 하다가 죽는 모습을 확인할 수 있었다.

사람들에게는 무엇보다 중요한 정보였기에 다양한 수단을 통해서 소문은 빠르게 퍼졌다.

비록 소금이 어느 국가나 전매품으로 지정할 정도로 귀하고 비싼 물건이긴 하지만, 지금 대륙을 초토화시키고 있는 뤼나웜에 특효가 있다는 사실 하나만으로도 암울했던 분위기가 바뀌기 시작했다.

사실 대륙 곳곳에는 암염 광산들이 꽤 많았다. 일반 주민들도 소금 소비량이 꽤 높은 편이었는데도, 워낙 암염이 풍부해서 가격이 그다지 높지 않을 정도였다.

그렇기 때문에 바다를 끼고 있는 염전은 그리 발달하지 못했다.

거기에 소금 호수들도 있었기 때문에 일반인은 엄두도 내지 못했지만, 재정이 풍부한 영지나 국가의 경우 대량의 소금을 이용해서 뤼나웜의 접근을 차단할 수 있었다.

덕분에 암염 광산과 소금 호수 들은 다양한 곳에서 몰려든 사람들로 가득했다.

당연히 기존에 암염 광산과 소금 호수 들에 대한 권리를 주장하는 세력들이 반발했지만, 아무런 소용이 없었다.

목숨이 달린 일이었기 때문에 과격하게 대처를 했다가 도리어 몰려든 사람들에게 죽임을 당하는 일이 속출했기 때문이다.

원래부터 인간에게 소금은 생존에 필수적인 물품이었지만, 지금은 그야말로 모두가 반드시 필요로 하는 물품이 되어 버렸다.

그래서 세력이 강한 영주들은 물론이고 국가조차도 지금은 그에 관한 권리를 강하게 주장하지 못하고 이전보다 훨씬 낮은 가격으로 판매할 수밖에 없었다.

만약 이런 상황을 이용해서 가격을 올렸다가는 자신들은 물론이고 간신히 유지하고 있는 신분제나 국가 시스템 자체가 무너질 상황이었다.

소금에 대한 수요가 올라가자 피난민 중에서 딱히 할 일을 찾지 못해서 거지나 범죄자가 되기 일보 직전이었던 사람들도 일을 얻을 수 있었다.

일은 많았다. 암염을 파내거나 염분이 높은 호숫물을 퍼다가 거대한 쇠솥에 넣고 끓여 증발시키는 일 그리고 말라붙은 소금 호수 바닥에 깔려 있는 소금 판을 캐내는 것까지 인력에 대한 수요가 폭발적으로 늘어난 것이다.

이렇게 소금에 대한 폭발적인 수요로 인해서 한시적이지만 세금이 거의 없는 거대한 소금 산업이 형성되었고 무수히 많은 사람들이 몰려들었다.

그런 상황에서 소금값이 너무 폭등하자 잇속에 밝은 상인 중에서 해결책을 찾은 이가 나왔다.

그가 바로 단이었다. 그는 대상인 중에서는 야쿰바를 통해서 가장 먼저 뤼나웜에 대한 소금의 효과를 들었고 상인들을 통해 세상에 널리 알렸다.

그런 뜻깊은 일을 한 단은 그 후 며칠 동안 다양한 사람을 만나고 다닌 끝에 한 가지 결정을 내렸다.

"서해안으로 가자!"

물론 혼자는 아니다. 5천여 명에 달하는 난민과 1천에 달하는 전사들이 마차 200대에 생필품을 가득 싣고 그를 따라 가장 가까운 해안으로 향했다.

아무리 마수와 몬스터 들이 횡행한다고 하더라도 이 정도 규모의 상행을 습격할 놈들은 없었다.

무엇보다 호위하는 전사 중에는 숲 환경에 석응력이 높은 달리아트족 전사 200여 명이 포함되어 있었다.

단이 이끄는 상행이 도착한 곳은 대부분 암벽 지형인 서해

안 중에서 몇 곳 안 되는 갯벌을 끼고 있는 폰트 시티였다.

넓은 갯벌을 끼고 있어 다양한 해산물의 산지이며 집산지로 유명세를 떨쳤던 폰트 시티는, 낮은 산지로 둘러싸여 있어 그나마 뤼나웜의 위협에 안전한 편이지만, 놈들이 30킬로미터까지 접근했을 때부터 사람들이 떠나기 시작해서 지금은 인적을 찾아보기 힘들 정도로 버려진 상태였다.

남은 사람들은 고령이거나 고향을 떠날 수 없는 사정이 있는 소수였지만, 다행하게도 시장은 남아 있었다.

자식들과 고용인들을 대부분 북쪽의 또 다른 어업 도시인 체플 시티로 보내고 부인과 함께 남은 것이다.

단은 가장 먼저 시장과 만나서 비어 있는 집들을 임대했다. 그것으로 데리고 온 인부와 전사 들에 대한 주거지가 확보되었다.

다음은 뤼나웜 사태 이전만 해도 잡아 온 생선들을 염장해서 보관하던 대형 창고를 빌리는 일인데, 어부들이 배와 함께 떠났기 때문에 말도 안 되는 가격으로 장기 임대를 할 수 있었다.

그렇게 장소까지 확보한 단은 데리고 장인들에게 대형 화덕을 만들도록 했다.

소금을 생산하기 위한 대형 솥은 흉년 때 영지나 시 차원에서 식량 배급을 할 때 사용했던 것들로, 수량은 이미 충분히 확보한 상태였다.

마지막으로 할 일은 시티를 둘러싸고 있는 삼면의 산에 형성된 울창한 숲의 나무를 벌목하는 일이다.

벌목에 대한 권한은 시장과 빈집을 임대할 때 함께 협상을 해서 처리를 한 상태였다.

그렇게 소금가마를 활용한 소금 생산이 시작되었다. 인부들은 부지런히 바닷물을 길어 와서 소금가마에 넣고 불을 지폈다.

그렇게 생산한 소금은 다양한 맛과 염도를 가진 암염과 달리 짜기만 하고 쓴맛까지 났지만, 식용이 아니기에 상관이 없었다.

소금은 생산되기가 무섭게 작은 상행을 꾸려서 주위 도시들로 판매되었고, 단 상단이 저렴한 가격에 소금을 판매한다는 사실이 널리 알려지자 먼 곳에서도 마차를 가지고 구입하러 올 정도였다.

폰트 시티는 이미 왕권이 유명무실해진 고르다니아 왕국에 속해 있었고, 시장과는 이미 협의를 마쳤기에 세금도 낼 필요가 없으니 쌀 수밖에 없었다.

단은 소금을 암염이나 소금 호수에서 생산한 소금에 비해 절반도 안 되는 가격에 판매를 했지만, 투자된 비용 대비 수익성이 굉장히 높았기 때문에 그야말로 금편을 긁어모으다시피 했다.

단 상단 덕분에 유령 도시가 되기 직전이었던 폰트시는 상인과 영주들이 찾는 유명 도시가 되었다.

단 상단의 사례가 널리 알려지면서 대형 상단들이 다투어 소금 시장에 진출했다.

땔나무, 바닷물, 거대한 솥 그리고 인력만 있으면 소금을 생산할 수 있기 때문에 진입 장벽이 거의 없었다.

대형 상단들이 다투어 서해안의 갯벌 지대 혹은 암벽 지대라도 바닷물을 쉽게 끌어들일 수 있는 곳으로 진출했다.

그렇게 대형 상단들이 가세했기 때문에 소금값이 단시간에 3분의 1로 떨어질 정도로 생산량이 어마어마하게 늘었다.

그 과정에서 워낙 많은 나무가 필요했기 때문에 어지간한 숲은 금세 사라질 정도로 벌목이 진행되었지만, 누구도 그것을 문제 삼지 않았다. 지금은 산이 민둥산이 되는 것 정도는 아무도 신경을 쓰지 못했다.

그렇게 단시간에 대량의 소금이 생산되고 유통이 되자 뤼나윔의 영역 확장 속도는 눈에 띄게 늦춰지기 시작했다.

안전을 어느 정도 확보한 인간들은 미루었던 뤼나윔 토벌을 시작했다.

뤼나윔 사태로 인해서 많은 사람이 죽고 삶의 터전을 버려야만 했지만, 성이나 시티 단위의 경우 인구가 크게 늘어났기 때문에 그 정도의 역량은 있었다.

아쉬운 것은 본격적인 토벌이 진행되지는 않는다는 점이다. 국왕이나 영주 등 거대 세력들은 아직 자신의 안위만 생각하고 있었다.

차링과 아레오 그리고 아나샤가 새로운 스킬을 익힌 후 사냥 속도가 굉장히 빨라졌다. 이제는 하루 평균 10킬로미터씩을 정리할 수 있었다.

그건 세 동료의 능력이 빠르게 올라간 덕분도 있었지만 플라위스들의 성장도 큰 역할을 했다.

'다 성장한 줄 알았는데.'

보스급에 해당하는 녀석들은 물론이고 모든 플라위스들이 대략 2할 정도 성장을 했다. 전투력이나 방어력뿐만 아니라 동체와 날개까지 커졌다.

폭발적으로 성장한 건 세 여인과 플라위스뿐만이 아니었다. 주로 미끼 역할을 하는 에링과 타링은 이미 성체였음에도 신체나 능력에 있어 비약적으로 성장했다.

덕분에 일행이 이동을 하지 않고도 에링과 타링이 유인해 오는 뤼나웜을 사냥하는 경우도 종종 생겼다.

하지만 그 성장은 끝이 아니었다. 콰르 고기도 그렇지만 루시아산 곡물과 과일 들도 바나 증진 효과가 있었고, 사냥이 끝난 직후에 항상 마시는 허니비 비약은 피로와 에너지 회복은 물론 에너지의 양까지 늘려 주는 효과가 있었다.

거기에 부단한 수련을 통해서 각자가 익힌 스킬의 레벨을 올리자 마치 눈 뭉치가 굴러 눈덩이가 되는 '스노볼' 효과가 발생했다.

사냥을 시작한 지 한 달이 지난 지금, 일행의 능력은 처음에 비하면 거의 두 배에 달할 정도로 엄청나게 성장을 했다.

개인의 능력이 높아진 데다가 스킬의 연계까지 좋아져서 이제 오전에만 거의 70회에 가까운 사냥을 하고 있었다.

일행의 사냥 능력만 높아진 것이 아니다. 플라위스들도 하루에 거의 10만 마리를 사냥할 정도로 뤼나웜 사냥에 능숙해졌다.

녀석들은 시각이 퇴화한 것도 아니고 야행성이 아닌데 마나를 파동처럼 방출해서 땅속에 숨어 있는 뤼나웜의 위치를 정확하게 찾아낼 수 있었는데, 그 날카롭고 긴 부리를 땅속으로 집어넣기만 하면 부리에 뤼나웜이 물려 있었다.

굳이 죽일 필요도 없었다. 다시 땅속으로 들어가지 못하도록 발톱으로 심장이 있는 부위를 꽉 잡아 터트려 버리거나 바위 쪽으로 던져 버리면 강렬한 햇빛에 이내 죽어 버리니 사냥 속도가 빠를 수밖에 없었다.

가온도 혼자서 추가 사냥을 하기 시작했다. 합동 사냥으로는 소모되는 에너지의 양이 불과 3할 정도에 불과해서 여유가 있었다.

그래서 세 여인이 에너지 회복을 위해 안전텐트로 들어가면 혼자 다양한 방식으로 사냥을 시도했다.

하지만 한계는 있었다.

윈드커터와 같은 마법은 마력에 대비해서 사냥 효율이 낮았고 땅속에 깊이 숨어 있는 뤼나웜을 상대로는 검술도 큰 효과가 없었다.

'가장 많이 남는 신성력을 효과적으로 사용할 방법이 없을까?'

그런 고민을 하던 가온은 현재의 사냥 방식이 가장 효율적임을 새삼 깨닫고 갓상점에서 D등급으로 분류된 어스퀘이크 마법과 홀리아이스 신성 마법을 구입해서 익혔다.

D등급인 어스퀘이크 마법을 발현하면 반경 50미터의 땅이 요동치며 놀란 뤼나웜이 밖으로 뛰쳐나왔다.

그럼 홀리아이스 신성 마법으로 놈들을 얼려 버린 후 쾌보를 사용해서 빠르게 이동하면서 몸이 굳은 뤼나웜의 뇌나 심장을 찔러 죽이는 방식의 사냥이다.

네 사람이 하던 사냥 방식을 혼자서 구현해야 했기에 에너지 소모는 물론 사냥 속도도 느렸지만, 그래도 효과는 확실했다.

신성력이 모두 고갈될 때까지 사냥을 하면 일행과 사냥한 것에 못지않은 결과를 얻을 수 있었다.

덕분에 가온은 혼자 거의 1.5킬로미터에 달하는 구간을 정리할 수 있었다.

그렇게 사냥 속도가 빨라졌음에도 가온은 답답함을 느끼고 있었다.

가장 큰 문제는 하루에 평균 12킬로미터에 달하는 구간을 정리하고 있지만, 그 구간이 직선이 아니라는 점이다.

돌이나 암반이 많은 지역의 경우 뤼나웜이 더 이상 이동을 못 하거나 이동 속도가 느렸고, 반대로 흙이 대부분인 지역의 경우 굉장히 많이 이동을 했기 때문이었다.

물론 그래도 끈기 있게 한다면 언젠가 끝은 있겠지만 사냥을 시작한 지 한 달이 지난 지금 처음 정리를 시작한 곳에서 직선으로 연결을 하면 불과 230킬로미터 정도밖에 동진하지 못했다.

'아무래도 동료를 더 만들어야 할까?'

비약적으로 성장한 세 사람이 전력을 다하고 방전이 되었을 때도 가온은 전력의 6할 이상이 남으니 그런 생각을 할 수밖에 없었다.

이번 의뢰는 어려운 일은 아니지만 시간과 노력이 지속적으로 필요한 전형적인 일이었다. 만약 추가 보상을 노리지 않았다면 진작 자신이 가진 모든 것을 동원해서 의뢰를 끝내 버렸을 정도로 지루한 일이었다.

얼마나 정리를 해야 하는지 모르고 있었을 때만 해도 이 정도는 아니었는데, 몇 번의 정찰 비행을 통해 벼리가 이 대륙의 동서 길이가 무려 2만 킬로미터에 달한다는 판단을 내린 후부터 조급증이 들기 시작했다.

그렇다고 지금 새로운 동료들을 구하는 건 쉬운 일이 아니다.

기존 멤버와의 조화도 그렇지만 서로 믿고 의지하는 부분도 문제가 되었다.

하지만 그런 가온과 달리 세 사람은 엄청나게 고무된 상태였다. 불과 한 달 만에 능력이 두 배로 높아졌으니 당연한 일이다.

거기에 조금만 더 노력하면 곧 100포인트를 채워 한 번 더 성장할 기회를 얻을 수 있으니 뤼나웜 사냥과 수련에 매진할 수밖에 없었다.

그렇게 뤼나웜 사냥에 푹 빠져 있는 가온 일행은 자신들에 대한 소문이 빠르게 퍼지고 있음은 전혀 알지 못했다.

—미스릴급 전사, 원소술사, 마법사, 사제로 이루어진 '온 팀'이라는 소규모 사냥 팀이 뤼나웜을 사냥하고 있다!

—그들과 어떤 관계가 있는지는 밝혀지지 않았지만 100마리가 넘는 플라위스들이 그들을 따라다니면서 뤼나웜을 사냥하고 있다!

—그들은 소금이 뤼나웜의 이동을 저지할 수 있다는 사실을 알아낸 바로 그 팀이다.

—그들은 서쪽 끝에서 사냥을 시작했는데 이미 메이 시티

근처까지 정리를 마치고 계속 동쪽으로 이동하고 있다!

  황당한 내용이었지만 그 소문은 곧 사실로 밝혀졌다. 호기
심 많은 이들이 직접 확인을 해 봤는데, 그들이 지나갔다고
알려진 곳에서는 더 이상 뤼나웜을 찾아볼 수 없었다.

  물론 그렇다고 해당 지역이 안전한 것은 아직 아니다. 언
제 다시 뤼나웜이 그쪽으로 이동할지 알 수 없으니 말이다.

  하지만 이제까지 말만 무성했지 제대로 토벌을 하지 못했
던 이전의 수없이 많은 시도와 달리 단 네 명에 불과했지만
'온팀'은 성공적으로 뤼나웜 토벌을 진행하고 있다는 것은 확
실했다.

  누구도 그들이 무슨 이유로 뤼나웜을 사냥하는지 알지 못
했지만, 그 소식을 들은 사람들의 반응은 열렬한 정도로 넘
어 굉장히 격렬하고 뜨거웠다.

  음유시인들은 그들을 세상을 구하는 영웅으로 칭송하는
노래를 만들어 불렀고 상인들은 그들에 대한 소문을 가는 곳
마다 퍼트렸다.

  적어도 그 팀이 의뢰를 받아서 뤼나웜을 사냥하는 것이 아
님은 확실했다. 그랬다면 벌써 의뢰인을 통해 그들의 활약이
널리 알려졌을 테니 말이다. 그래서 사람들에게 더욱 칭송을
받는 것이다.

  사람들은 그들의 정체나 뤼나웜을 사냥하는 이유는 알지

못했지만 온팀에게 뜨거운 감사의 마음을 보냈다.

"야쿰바!"

사냥을 시작한 지 막 40여 일이 지났을 때 야쿰바가 찾아왔다. 그는 동생인 차링과 반갑게 인사를 나누더니 가온에게 달려왔다.

"우리가 이곳에 있는 것을 어떻게 알고 찾아온 거야?"

"하하하. 온팀이 뤼나웜에 의해 잠식된 땅을 따라 이동하고 있다는 사실을 모르는 사람은 없습니다."

"온팀?"

"미스릴급 전사이신 온 님과 세 팀원으로 구성된 사냥 팀을 부르는 말입니다."

그런 이름이 붙었을 줄은 몰랐다.

"그래, 세상은 어떻게 돌아가나?"

"온 님이 퍼트리라고 한 정보 덕분에 많은 부분이 달라졌습니다. 소금의 효과를 확인한 사람들은 더 이상 뤼나웜의 진격을 두려워하지 않습니다."

그렇게 서두를 꺼낸 야쿰비는 네 사람에게 그간의 변화에 대해서 상세하게 얘기를 해 주었다.

"기존의 암염 광산에 더해서 새로운 암염 광산이 개발되고 있으며, 대형 상단들이 다투어 바다와 소금 호수에서 소금가마를 활용해서 소금을 생산하고 있기 때문에 곧 대륙 전역에서 뤼나웜의 진격을 막을 수 있을 것으로 보입니다."

원래는 두세 달 정도 세상을 직접 돌아다니면서 뤼나웜에 대한 정보를 퍼트리려고 했던 야쿰바였지만, 이미 소문이 널리 퍼진 상태라 일행에게 복귀한 것이다.

"잘됐군."

뤼나웜의 진격을 막은 것만으로도 많은 사람들이 안전해졌다.

물론 그럼에도 불구하고 밀도가 증가한 마수와 몬스터로 인한 위험은 여전했지만 그건 어쩔 수가 없었다. 차차 해결해야 할 문제였고, 인간의 능력이라면 시간은 좀 걸리겠지만 충분히 제어할 수 있는 문제였다.

"그런데 본격적으로 뤼나웜을 토벌하려는 움직임은 없어요?"

"전 이 정보가 알려지면 고위급 전사들을 대규모로 보유하고 있는 국가 단위나 대영주들이 나설 것이라고 생각했는데, 아쉽게도 그런 말을 듣지 못했습니다. 일단 자신들의 영역에 뤼나웜의 진격을 멈추는 데만 신경을 쓰는 것 같았습니다."

아나샤의 물음에 그렇게 대답하는 야쿰바의 얼굴에 아쉬운 표정이 떠올랐다.

"아직은 어쩔 수 없을 거예요, 언니. 뤼나웜의 진격을 멈춘 후에도 사람과 함께 위로 올라온 마수와 몬스터 들을 토벌하는 것이 먼저니까요."

아레오의 말에 야쿰바가 고개를 저었다.

"아닙니다. 대규모 토벌이 시작되었다는 얘기도 못 들었습니다."

"그럼?"

"대대적인 토벌을 하려면 수많은 전사를 거느리고 있는 대영주나 국왕 혹은 황제가 직접 나서야 하는데, 아무런 움직임이 없습니다."

"던전에 대한 정보가 알려졌나?"

"일반인들까지는 아니지만 대상인들이나 큰 규모의 전사대를 운영하는 전사들은 던전에 대한 정보를 입수하기 시작한 것 같습니다. 단 상단주께서 비밀이라며 던전과 대형 세력의 움직임에 대한 얘기를 해 주더군요."

"그들은 우리가 경험한 것처럼 명예 포인트를 노리고 던전을 공략하는 데 집중하는 것이 틀림없어요."

이전이라면 몰랐을 테지만 직접 던전을 공략하고 갓상점 접속 권한과 명예 포인트를 얻었기 때문에 그 이유를 더 잘 알 수 있었다.

"빌어먹을 작자들!"

"진작 뤼나웜을 토벌했으면 될 것을 던전에 정신이 팔려 사태를 이렇게 만들어 놓고도 아직 정신을 못 차렸네."

야쿰바와 차링의 말에 아나샤와 아레오가 크게 화를 냈다.

막상 뤼나웜을 사냥해 보니 그리 어렵거나 위험한 사냥감은 아니었다. 물론 그렇다고 모두가 자신들처럼 쉽고 빠르게 사냥을 할 수 없다는 사실은 알고 있었지만, 전사들이 모두 사냥에 뛰어들면 빠르게 정리할 수 있다고 생각했다.

그런 사실을 잘 알고 있기에 더욱 아쉬운 것이다.

"차리리 소문을 내 버릴까요?"

차링이 이런 생각을 하는 것은 당연했다.

"아서, 그랬다가는 전사나 마법사 들이 모두 던전으로 몰려들어서 지금보다 더한 혼란이 발생할 거야."

"아레오의 말이 맞아."

"그럼 어떻게 해요?"

"생각을 해 봐야지. 어쨌든 온 랑이 해 준 말에 따르면 그들 때문에 던전에서 새로운 마물이 나오지 못하는 것이니까."

아나샤의 대답에 잠시 대화가 끊겼다. 다들 생각에 잠겼다.

현재 세상을 멸망 직전까지 몰아넣은 뤼나웜이라는 존재도 결국 던전에서 나왔거나 아니면 던전에서 흘러나오는 이질적인 에너지로 인해서 변이를 일으킨 것이다.

그런 점을 고려하면 던전 공략은 필수적인 일이다. 그러니 던전 공략에만 매달리고 있는 자들만 욕할 수는 없었다.

뤼나웜의 또 다른 비밀

한편 가온은 대화를 들으며 다른 생각을 하고 있었다.

'생각해 보니 뤼나웜 토벌이 내가 받은 의뢰의 핵심이 아닌데.'

사실 의뢰의 내용은 이 세상을 잠식하고 있는 마기를 소멸시키는 것이다.

물론 지속해서 빠르게 늘어나고 있는 마기의 근원으로 추정되는 뤼나웜을 사냥하는 것도 의뢰를 수행하는 일이지만, 이미 이 세상을 잠식하고 있는 마기의 경우에는 현재 모둔이 마기를 모으는 것으로 훌륭하게 수행하고 있었다.

아무튼 의뢰의 내용을 찬찬히 생각해 보면 굳이 자신이 직접 뤼나웜을 사냥할 필요는 없었다. 다른 사람들이 뤼나웜을 사냥해도 의뢰와는 아무런 상관이 없었다.

그래서 뤼나웜의 진격을 막는 것에만 신경을 쓰고 있는 이 세상 사람들의 태도에 실망할 수밖에 없었다.

'능력이 있는 자들은 던전 공략에만 열을 올리고 있으니.'

영웅이라도 있어 사람들을 결집해서 뤼나웜 사냥에 합류하면 가온에게는 더할 수 없이 좋겠지만 지금까지의 상황을 보면 그럴 가능성은 전혀 없었다.

'만약 그런 인물이 있었다면 이 세상이 이런 꼴이 되진 않았겠지.'

하지만 실망만 하고 있을 수는 없었다. 열심히 사냥을 하다 보면 언젠가는 의뢰를 완수하는 날이 올 것은 확실했다.

'그래도 시간이 너무 걸려.'

아무리 포인트를 획득할 수 있다고 해도 동서의 길이가 2만 킬로미터에 달하는 엄청난 영역에 걸쳐 서식하는 뤼나웜을 자신의 팀만으로 정리하는 건 시간 낭비였다.

'세상이 어떻게 돌아가든 던전 공략에만 빠져 있을 이 세상의 권력자들과 실력이 뛰어난 능력자들을 어떻게 이 판으로 끌어들일 수 있을까?'

지구, 아니 한국과 같다면 남자의 정력에 좋다는 소문 하나만으로도 뤼나웜을 박멸할 수 있을 텐데.

'가만!'

생각해 보니 이제까지 간과했던 것이 있었다.

성장이 이미 끝난 성체 플라위스들이 지금도 매일 조금씩 성장하는 이유가 허니비 비약만은 아닐 거라는 생각이 불현듯 들었다.

자신에게 귀속되기 이전에도 폭발적인 성장을 했기 때문이다.

그러고 보면 처음 봤을 때보다 몸집이 훨씬 커진 에링과 타링도 심심하면 뤼나윔의 사체를 가지고 놀았는데 심장을 꺼내 먹는 것도 본 적이 있었다.

'플라위스들의 경우 사냥을 시작하면 처음에는 동체 전체를 먹지만 어느 정도 배가 차면 심장만 꺼내 먹었지.'

그 생각을 하니 자연스럽게 뤼나윔의 심장이 콰르 고기와 같은 천연 영약과 같은 역할을 하는 건 아닐까 하는 의심이 들었다.

'일단 확인부터 해 보자.'

만약 그게 사실이라면 자신은 물론 동료들은 또 다른 성장의 동력을 얻을 수 있었다.

무엇보다 뤼나윔의 심장이 육체를 성장시켜 줄 뿐 아니라 마나까지 증진한다는 사실이 세상에 알려진다면 던전 공략에 정신이 팔린 능력자들의 관심을 이쪽으로 끌어들일 수 있었다.

'권력자들은 어떨지 알 수 없지만 전사나 마법사 들의 관심은 확실하게 끌 수 있어!'

그 생각을 하자 가슴이 뛰기 시작했다.

뤼나웜의 심장은 쓰고 비렸다. 심지어 마기로 변이가 된
만큼 독도 있었다.

하지만 가온은 어지간한 독은 무시할 정도로 강한 내독성
을 가지고 있어 쓰고 비린 맛만 참으면 된다. 게다가 크기도
생각보다 작았다.

'벼리야, 어때?'

가온은 뤼나웜의 심장을 먹기 전에 벼리에게 의념을 보내
전후의 변화를 관찰하도록 부탁했었다.

—이, 이건!

'왜?'

벼리가 놀라는 경우는 별로 없었기에 전해지는 의념의 거
센 파동에 가온도 깜짝 놀랐다.

—뤼나웜의 심장이 함유하고 있던 마나의 속성이 이상해
요!

'이상하다고?'

—절반 정도는 오빠 체내의 마나와 결합하지만 나머지 절
반은 직접 장기나 뼈와 같은 조직에 영향을 주고 있어요.

일단 마나 증진 효과는 확실히 있다.

'어떤 영향이지?'

—성장 호르몬을 포함한 다양한 호르몬 분비는 물론이고

세포 단위까지 활성화하는 효과가 있어요. 특히 줄기세포의 활성화를 강하게 촉진하고 있고요.

'좋은 거지?'

제발 좋았으면 좋겠다.

—당연하죠. 뼈의 양쪽 끝부분에 있는 성장판이 다시 열릴 정도니까요.

'성장판이 다시 열렸다고?'

—네. 완전히 열린 것은 아니고 성장이 끝나 이미 뼈로 변해 버린 성장판 부분에 연골 조직이 생기고 있어요.

가온이 알기로 성장판은 길이 성장을 하는 팔다리뼈의 말단 부위에 있었고 남녀나 연령 등 개인적인 차이는 있지만, 대개 사춘기를 전후해서 닫힌다고 알고 있었다.

현재의 육체가 시스템이 만든 아바타이기는 하지만 육체의 매커니즘은 현실의 육체와 동일했다.

즉, 성장이 이미 끝난 상태의 아바타인데 성장판이 다시 열리려고 한다는 것이다.

—그것만이 아니에요. 몸 전체에서 텔로머라제가 급속하게 증가하고 있어요.

'텔로머라제?'

이름으로 보아 수명이나 노화 현상과 관련이 깊은 텔로미어와 관계가 있는 것 같다.

—네, 오빠! 텔로머라제는 세포분열이 거듭될수록 길이가

짧아지는 텔로미어의 길이를 늘려 주는 역전사효소예요. 그런데 뤼나웜의 심장이 텔로머라제의 숫자를 급속하게 증가시켜 준다고요! 이건 정말 혁명이에요!

'벼리야, 흥분을 가라앉히고 내가 이해할 수 있도록 설명을 해 줘. 그러니까 뤼나웜의 심장은 일단 마나 증진의 효과가 있는 거 맞지?'

─네, 맞아요.

'육체, 신체의 모든 부분을 활성화하는 효과도 있고?'

─네. 허니비의 꿀이나 로열젤리보다는 못하지만 그래도 단시간에 심신의 피로를 말끔하게 풀어 줄 정도예요.

'거기에 성장이 끝난 신체를 다시 성장하게 만들고?'

─네. 뼈로 변해 버린 성장판 부분이 세포분열이 왕성한 연골 조직으로 변했어요.

'세포분열에 따라 자연스럽게 길이가 짧아지는 텔로미어가 다시 길어지고?'

─네. 텔로미어가 다시 길어진다는 것은 회춘 혹은 노화가 멈춘다는 것을 의미해요!

이제까지 확인한 것들만 하더라도 벼리가 흥분할 만도 했다. 이런 효과를 지닌 영약은 탄 차원에서도 들어 보지 못했으니 말이다.

'단점은 없어?'

─왜 없겠어요. 일반인은 1분 이내에 즉사할 수 있는 독을

함유하고 있어요.

가온의 경우 내독성이 강해서 독을 무력화한 것이다.

'제독(制毒) 가능성은?'

-직접 실험해 봐야 확실하겠지만 독이 휘발성이 높아서 열을 가하면 대부분의 독은 사라질 것 같아요.

가온은 곧바로 다른 심장을 대상으로 열을 가해서 확인을 해 보았다.

-추측이 맞았어요! 열을 가할 경우, 육체에 미치는 긍정적인 효과는 대략 3할 정도 감소했지만, 직접적으로 영향을 미치는 독은 대부분 사라졌어요. 남은 독은 무시해도 될 정도고요. 100도에서 1분 정도 삶기만 해도 될 것 같아요.

'오케이!'

포인트를 어느 정도 포기하더라도 뤼나웜의 심장은 꼭 확보해야만 했다. 자신은 물론 일행의 꾸준한 성장을 위해서 말이다.

가온은 뤼나웜의 심장을 직접 물에 삶아 먹어 보았다.

'식감이 영 아니네.'

다양한 향신료를 가미한 조리법으로 요리를 해 봤지만 소용이 없었다.

그래도 다양한 시도 끝에 육포처럼 향신료를 뿌려 적당하게 말린 것이 먹기가 그나마 나았다. 거기에 술을 곁들여 먹어 보니 먹을 만했다.

'당분간 이 정보는 공개하지 말자.'

만약 이 사실이 알려지면 던전 공략에 매진하던 전사나 마법사 중 대다수가 이쪽으로 몰릴 것이다.

'그렇게 되면 이번에는 던전 쪽이 위험해져.'

던전을 공략하는 전사와 마법사 들의 역량이 충분했다면 지금과 같은 상황이 오지는 않았을 것이다. 그 정도로 던전을 공략하는 일이 어렵다는 방증인 것이다.

'약효를 줄인 상태로 소문을 퍼트려서 하급 전사들을 유인하고 그들이 효과적으로 사냥할 수 있는 방법까지 공개해야 해.'

그렇게 되면 하급 이상의 전사들의 역량이 빠르게 올라갈 테고 결국 마수와 몬스터를 상대하는 일도 쉬워질 것이다.

그때부터는 사냥의 양상이 달라졌다.

오전에 일행과 함께 사냥한 뤼나웜들은 갓상점에 그대로 넘겼지만, 오후에 플리위스들과 함께 사냥한 놈들의 경우에는 심장과 미세마정석을 모두 적출한 후 카우마에게 부탁해서 태워 버린 후 넓은 지역에 그 가루를 뿌려 버렸다.

당연히 획득하는 명예 포인트는 격감했지만 일행에게 가는 몫은 변함이 없었다. 가온에게만 해당되는 일이었기 때문이다.

이제 야쿰바도 사냥에 합세했다. 이전에는 가온을 제외한 세 사람을 호위하는 임무를 수행했지만, 셋의 능력이 일취월장한 지금은 굳이 호위를 할 필요가 없었기 때문이다.

마나 연공법을 익혀 마나의 양도 늘었고 마나의 질도 높아졌지만, 그의 궁술이나 검술로는 급소가 검기가 아니면 부수거나 벨 수 없는 단단한 턱뼈 바로 뒤쪽에 있는 뤼나웜을 효과적으로 사냥하기가 힘들었다.

가온은 그런 야쿰바에게 쾌보를 가르쳤는데 의외로 쉽게 익혔고 진전이 빨랐다.

"마나를 이용해서 이동 속도를 높이다니 이건 혁명입니다!"

야쿰바는 마나로드라는 개념 자체를 몰랐을 때만 해도 그저 마나를 몸 전체에 퍼트려 육체 능력을 높이는 방법을 썼다. 그것이 달리아트족 전사에게 전승되는 가르침이었기 때문이다.

하지만 가온이 도와준 덕분에 갓상점 접속 권한을 얻고 그곳에서 기초지만 마나 연공법을 구입해서 익힌 후 야쿰바는 마나로드의 개념을 알게 되었고, 덕분에 오랫동안 정체되었던 실력이 실시간으로 상승하는 것을 실감할 수 있었다.

필요한 곳에만 마나를 보낼 수 있다는 것은 마나 사용의 효율을 극대화시켰다.

마나로드를 통해서 효율적으로 마나를 쌓고 마나로드를 확장하는 내용의 기초적인 마나 연공법을 익힌 것만으로도 실력이 한 단계 이상 높아졌는데, 쾌보를 배우고 난 지금은 그야말로 신세계였다. 단번에 이동 속도가 두 배로 상승한 것이다.

당연히 뤼나웜 사냥 실적이 급격하게 높아졌다. 진동으로 목표를 감지하는 뤼나웜의 측면이나 후면으로 순식간에 이동해서 놈이 감지하기 전에 뇌나 심장에 검을 찔러 넣는 것으로 사냥을 끝낼 수 있었다.

하지만 야쿰바의 사냥 실적만 상승한 건 아니었다. 100포인트를 모으는 데 성공한 세 여인도 찜해 놓았던 스킬들을 구입해서 단번에 한 단계 이상 실력이 상승한 것이다.

차링은 가온의 조언대로 원소석이라는 아이템을 구입해서 목걸이로 만들어 늘 착용했는데, 그 효과가 엄청났다. 매일이 다를 정도로 원소력이 증가해서 더 높은 수준의 원소력을 사용할 수 있었다.

아레오는 어스쉐이킹이라는 마법을 선택했다. 땅을 아예 뒤집어 버리는 턴오버와 달리 일정 반경의 땅을 강하게 흔드는 마법인데, 소모되는 마력의 양도 적고 뤼나웜에 한해서는 그 효과가 엄청났다.

그녀가 어스쉐이킹 마법을 발현하면 반경 30미터에 달하는 원형의 땅이 깊이 1미터 이하까지 거세게 흔들리면서 많은 균열이 발생하고 놀란 뤼나웜들이 땅 밖으로 튀어나왔다.

거기에 차링의 대지 속성 원소력과 시너지 효과까지 있어서 둘이 동시에 능력을 발휘하면 거의 300제곱미터에 달하는 땅이 격렬하게 흔들리면서 뒤집히는 바람에 놀란 뤼나웜들이 밖으로 뛰쳐나왔다.

아나샤의 경우에는 스킬 진화권을 구입해서 홀리아이스를 C등급으로 진화를 시켰는데, 한 번에 300제곱미터에 해당하는 땅과 뛰쳐나온 뤼나웜을 순간적으로 얼려 버릴 수 있었다.

가온이 발휘하는 검기폭은 그 정도의 면적을 가득 채운 뤼나웜을 어렵지 않게 끝장낼 수 있었다.

주입한 마나의 양에 따라 검기의 파편은 증가했기 때문이다. 놈들이 공격을 가할 수 없는 상공에 있기도 했지만 놈들은 홀리아이스에 의해서 얼어붙은 상태였으니 대항하거나 도망칠 수가 없었다.

가온은 다양한 사냥법을 고민하고 실험해 본 끝에 사냥 패턴을 바꾸기로 했다.

오전에는 이전처럼 일행과 함께 사냥을 하고 그들이 에너지를 회복하는 오후에는 혼자서 사냥을 하기로 했다. 그리고 뤼나웜이 지상으로 나오기 시작하는 해거름부터 2시간 정도는 플라위스들로 하여금 사냥을 하도록 했다.

땅속에 숨어 있는 뤼나웜을 사냥하는 것보다 이미 땅 위로 나와 있는 뤼나웜을 사냥하는 편이 플라위스들에게는 더 쉽고 빨랐다.

야쿰바가 가세한 오전의 사냥 실적은 대략 2만 마리 정도였고, 정리한 구간은 5킬로미터에 달했다.

이때 사냥한 놈들은 모조리 갓상점으로 넘겼다. 그리고 일행 각자에게 4포인트에 해당하는 56금을 지급했다.

오후에는 혼자 사냥을 하는데 땅을 뒤집지 않고 비행하는 상태에서 심안을 펼쳐 뤼나웜의 분포를 확인한 후 검기폭을 구사했다.

전력을 다해 검기폭을 펼치면 검기의 파편이 부채꼴로 날아가서 땅에 수많은 구멍을 만드는데, 한 번에 평균 300마리를 죽일 수 있었다.

일행과 함께할 때보다 검기폭의 범위는 좁았지만 검기 파편의 간격이 채 1센티미터도 안 될 정도로 촘촘하고 신성력을 포함하고 있어 살아남는 놈은 전혀 없었다.

대신 처리는 앙헬과 카우마가 맡았다. 앙헬이 미세마정석과 심장을 적출하면 카우마가 열기로 녹여 버리는 방식으로 처리하는 것이다.

심장의 경우 손상이 좀 있더라도 약효에는 큰 차이가 없었기에 과감하게 검기폭을 사용하기로 결정한 것이다.

뤼나웜의 사체를 밖으로 꺼내 갓상점에 넘기는 과정은 정령의 활약으로 크게 인정될 수도 있고 시간이 걸리기 때문에 포기하기로 했다.

그렇게 치환 반지와 에너지 변환 스킬을 활용해서 모든 에너지를 사용해서 사냥을 하는 데 걸리는 시간은 대략 2시간 정도였다.

가온은 오후에만 혼자 무려 7킬로미터에 달하는 구간을 정리해서 뤼나웜 3만 마리를 사냥하고 엄청난 숫자의 미세마정석과 심장을 얻을 수 있었다.

그렇게 사냥을 하고 연공을 하다 보면 어느새 해가 넘어가는 시간이다.

일행이 저녁을 준비하는 동안 가온은 플라위스들을 전용 아공간에서 꺼내 놓는다.

밤늦게까지 밖에서 지내다가 전용 아공간으로 들어간 녀석들은 한바탕 주위를 날아다니면서 비행을 즐기고 다른 동물을 사냥하다가 뤼나웜이 땅 위로 나오기 시작하면 본격적으로 사냥을 시작한다.

녀석들은 대략 100마리까지는 사냥하는 족족 먹어 치웠다. 그리고 그다음부터는 가온의 명령에 따라 부리나 발톱으로 뤼나웜을 꽉 잡은 후 뇌 부분을 터트리는 방식으로 사냥을 했다.

지치지도 않는지 저녁 내내 사냥을 하는데 그 숫자가 대략 15만 마리에 달했다. 너무나 쉽게 사냥을 하는 것이다.

그렇게 사냥을 마치면 주위의 적당한 곳에서 잠을 자기 시작하고 늦은 밤에는 가온의 전용 아공간으로 들어간다.

그렇게 플라위스들이 사냥을 하는 내내 앙헬과 카우마가 녀석들을 따라다니면서 미세마정석과 심장을 적출하고 사체를 태워 버렸다.

그렇게 플라위스들이 정리한 구간도 20킬로미터에 달해서 온 일행이 하루에 정리하는 구간은 대략 30킬로미터에 달했다.

그렇다고 물을 타고 산으로 올라가거나 고립된 지역으로 진출한 뤼나웜까지 사냥하지는 않았다. 그럴 여유는 없었기 때문이다. 어차피 사람들이 소금을 사용하기 시작하면서 그런 놈들은 오래지 않아서 정리될 거라고 믿었다.

그렇게 가온 일행의 사냥 속도가 비약적으로 빨라져서 정리되는 구간이 빠르게 확장되고 있을 때 대륙에는 미세마정석을 구동원으로 하는 마법 냄비와 냉장고 등 신기한 아이템들이 대량으로 풀리고 있었다.

로첸 왕국 출신의 연금 계열 마법사들이 만들어 내는 아이템들은 가격은 비쌌지만 여행자는 물론 살림을 하는 여인들의 폭발적인 관심에 힘입어 매출이 급성장하고 있었다.

원래 안전해지면 소비 욕구가 강해지는 법이었다. 그동안은 생존 때문에 소비를 억제하고 있었지만 이제는 그럴 필요가 없었다.

특히 냉장고라는 아이템의 인기는 엄청났다. 마수와 몬스터의 창궐 사태로 인해서 식량, 특히 생선을 포함한 육류의 보관 문제가 더욱 중요해진 상황에서 꼭 필요한 물건이었기 때문이다.

냉장고의 경우 가격이 비싸기는 하지만 귀족들은 물론 중산층도 무리하면 구입할 수 있는 정도여서 더욱 인기가 높았다.

그런 와중에 해당 아이템들의 구동원이 뤼나웜이 가지고 있는 마세마정석이라는 사실이 알려지면서 하급 전사들의 관심이 집중되었다.

알려진 바에 따르면 뤼나웜 1마리는 대략 사오십 개의 미세마정석을 가지고 있는데, 개당 20은을 상회할 정도여서 하루에 한 사람이 5마리만 잡으면 그야말로 대박을 치는 것이었다.

하지만 세상에 알려져 있는 뤼나웜의 악명이 워낙 무시무시해서 망설일 수밖에 없었다. 아무리 돈이 좋아도 목숨만큼 중한 것은 아니었기 때문이다.

그런데 무슨 이유에서인지는 알 수 없지만 뤼나웜을 전문적으로 사냥하는 온팀이라는 소규모 팀에 대한 소문이 퍼지면서 전사들 중에서도 뤼나웜 사냥에 도전하는 이들이 하나둘 나오기 시작했다.

그들은 대량의 소금을 소지한 채 뤼나웜 사냥에 나섰는데, 포위가 되거나 위험하다 싶으면 소금을 뿌리는 방식으로 안전을 도모할 수 있으며, 보통 수백 마리가 무리를 이루어 공격을 하는 뤼나웜들을 분리할 수 있다는 사실이 널리 알려진 것이다.

사냥을 하는 과정에서 한 명이 강철 방패로 뤼나웜의 물기 공격을 막는 사이에 다른 딜러들이 메이스와 같은 둔기로 내리치는 방식으로 사냥하는 것이 가장 효율적이라는 사실도 알려졌다.

그렇게 미세마정석이 원활하게 공급되기 시작하자 마법 냄비와 냉장고 등 새로운 아이템의 생산량이 폭발적으로 늘었다.

돈이 된다는 사실에 연금 계열의 마법사들이 대거 합류했고, 연금 계열의 마법사라면 어렵지 않고 아이템을 복제할 수 있었다.

상인들도 마법 냄비는 물론 노숙을 할 때 문제가 되는 해충 퇴치기나 비가 와도 불을 쉽게 피울 수 있는 발화석 등의 아이템을 대거 구입했다.

사용을 해 보니 상행을 할 때 해당 아이템들이 생각보다 훨씬 편리했기 때문이다.

수요와 함께 공급이 늘어났지만 미세마정석의 가격은 올라가지 않았다. 그만큼 많은 미세마정석이 풀리고 있었기 때문이다.

거기에 속속 새로운 아이템이 등장했다. 대륙 북부의 추운 환경에 꼭 필요한 마법 화로도 등장했고, 랜턴을 활용한 마법 등도 출시되어 대도시의 밤거리를 밝히기 시작했다.

그렇게 마법 아이템들이 속속 개발되고 폭발적인 인기를 끌자 더 많은 전사들이 뤼나웜 사냥에 뛰어들었고, 온팀이라는 이름을 가진 소규모 팀의 사냥에 대한 정보가 널리 퍼졌다.

대륙 극서부 쪽의 경우 전사들이 굳게 마음을 먹고 뤼나웜이 득실거릴 것으로 예상한 곳으로 갔는데 이미 토벌이 끝난 상황인 경우가 왕왕 있었던 것이다.

한편 가온은 이대로는 의뢰를 끝내는 데 너무 오랜 시간이 흐를 거라는 결론을 내리고 망설였던 뤼나웜의 심장에 대한 비밀을 세상에 공개하기로 마음먹었다.

'차라리 던전 중 일부를 우리가 맡자.'

뤼나웜의 심장이 가진 효과가 세상에 알려진다고 해도 당장 던전을 공략하던 능력자들이 전부 이쪽으로 몰려들지는 않을 것이라는 점도 그런 마음을 굳히게 만들었다.

전날 가온이 새로운 술안주로 내놓은 작은 육포를 먹고 푹 자고 일어난 일행은 신기한 경험을 했다.

"왜 이렇게 몸이 가볍지?"

"언니도 그래요? 나도 그런데."

"꼭 연공을 하고 난 직후처럼 몸도 머리도 상쾌해."

"그런데 차링, 너 피부가 왜 이렇게 좋아졌니?"

"제 피부가요? 전 언니들 피부가 너무 부러운데, 놀리지 말아요. 하도 타서 그렇단 말이에요."

"아니야. 한번 뺨을 만져 봐."

아냐샤의 말에 자신의 볼을 만져 본 차링의 눈이 커졌다. 어제까지만 해도 거칠었던 얼굴 피부가 부드럽게 느껴졌기 때문이다.

"어? 이게 대체 무슨 일이지?"

"언니 피부도 좋아졌어요. 광택이 난다고요. 사냥이 끝난 직후에 먹는 허니비 비약이나 늘 먹어 온 콰르 고기 때문은 아닌 것 같은데……."

그런 거였다면 이미 일어났어야 할 변화였다.

또한 매일 밤 음양대법을 통해 가온과 사랑을 나누는 것에 대한 효과도 아니었다. 그 효과는 이미 알고 있었기 때문이다.

"나도? 그러고 보니 아레오의 피부도 좋아졌어! 피부톤도 더 밝아지고 윤기와 광택이 흘러!"

세 여자의 반응이 아주 난리도 아니었다.

그 모습을 보던 야쿰바가 세수를 하기 위해서 근처에 있는 냇가로 갔다가 깜짝 놀랐다. 피부가 좋아졌다는 여자들의 애기를 들어서 그런지 자신의 얼굴 상태가 깨끗해진 것처럼 보였기 때문이다.

'뭐지?'

일단 세수를 하고 돌아온 야쿰바가 차링에게 자신이 느낀 바를 털어놓았다.

"오빠, 모공이 작아졌어요!"

"모공이?"

"응. 어제까지만 해도 모공이 눈에 보일 정도로 컸었는데 지금은 훨씬 작아졌어! 세상에! 언니들, 이리 와 보세요!"

아레오와 아나샤도 야쿰바의 모공이 작아졌음을 확인하자 더욱 궁금증이 증폭되었다. 결국 네 사람의 시선은 새벽 수련을 마치고 냇가에서 몸을 씻고 돌아온 가온에게 쏠렸다.

"왜?"

"온 랑의 피부 상태는 처음부터 워낙 좋았기 때문에 아무런 변화가 없지만, 저희 넷은 오늘따라 유난히 눈에 띄는 변화가 있었어요. 혹시 그 이유를 알고 있어요?"

그렇게 묻는 아나샤의 얼굴에는 강한 호기심이 드러나 있었다.

"알지."

"역시! 뭔데요?"

아레오 역시 아나샤처럼 상기된 얼굴로 물었다.

"어제 먹은 안주의 효과야."

"안주라면 그 작은 육포요?"

"응. 그런데 육포의 효과는 단순히 피부 상태를 개선하는 것에 그치지 않아. 몸 상태를 전반적으로 개선하는 효과가 있어. 에너지의 양도 미미하지만 늘려 주고."

"헉! 그럼 새로운 천연 영약이에요?"

"맞아. 허니비 비약에 비교하면 마나 증가폭은 비슷하지만 아주 다양한 약효가 있어."

"대체 그 육포의 재료가 뭔데요?"

어느새 네 사람이 호흡이 느껴질 정도로 가온과 밀착해 있었다. 그만큼 관심이 큰 것이다.

"뤼나웜의 심장. 향신료와 함께 삶아서 적당히 말렸어."

"네에?"

"지, 진짜 뤼나웜의 심장이라고요?"

"마수나 변종은 독을 가지고 있다고 들었는데……."

가온의 말에 네 사람은 대경실색했다. 약간 쓴맛이 있었지만, 생각보다 쫄깃한 식감과 씹다 보니 고소한 맛도 있어서 전날 맥주를 마시면서 개인당 10개 이상 먹은 기억이 났기 때문이다.

"내가 길들인 플라위스들 말이야. 본격적으로 뤼나웜 사냥을 시작한 후로 성체도 몸집이나 날개가 커지더라고. 부리와 발톱은 뤼나웜의 이빨도 들어가지 않을 정도로 단단해졌고."

거기까지 얘기했을 때 차링의 눈이 커졌다.

그녀 역시 에링과 타링의 비정상적인 성장의 이유를 알 것 같았던 것이다.

"이상한 생각이 들어서 자세히 관찰해 봤는데 녀석들이 뤼나월의 심장을 즐겨 먹더라고."

"아!"

"그래도 독이 있는 것은 확실한 것 같아서 다양하게 실험을 해 봤지. 구워도 보고 삶아도 보고. 그러다가 끓는 물에 집어넣고 색이 연해질 때까지 삶았더니 독이 사라졌어. 그 상태로 먹어 보니 네 사람이 경험한 그런 효과가 나타나더라고."

"와아! 정말 대단해요!"

네 사람은 진심으로 감탄했다. 플라위스의 비정상적인 성장을 파악한 눈썰미도 그렇지만 다양한 방법으로 먹어 볼 생각을 하다니 정말 대단하다는 생각이 들었다.

"아무튼 뤼나월이 성장이나 건강에 특효가 있다는 거잖아요."

"마나의 양을 늘려 주고요."

가온은 아레오와 아나샤의 말에 고개를 끄덕이며 추가를 했다.

"회춘의 효과도 있는 것 같아."

"네에?"

"플라위스 중에 나이가 든 녀석이 있거든. 플라위스가 나이가 들면 눈빛이 옅어지고 깃털이 솜털부터 빠지기 시작해. 그런데 최근에 확인해 보니 그런 증상이 말끔히 사라져 버렸어. 장복하면 노화를 막거나 회춘하는 효과까지 있다는 거지."

너무나 충격적인 사실에 네 사람은 벌린 입을 다물지 못했다.

"그래서 말인데, 야쿰바."

"네!"

"이 사실을 세상에 알려야 할 것 같아."

"아! 그럼 던전 공략에 골몰하던 고위급 전사나 마법사 들도 뤼나웜 사냥에 합류할 가능성이 높겠구나!"

아레오와 아나샤는 단박에 정보 공개의 결과를 예상했다.

"뤼나웜의 심장이 회춘의 영약이라니. 황당하지만 권력자나 부유한 상인 들의 관심을 끄는 데는 최고일 것 같습니다."

야쿰바도 자신이 퍼트릴 정보의 가치와 영향력을 충분히 짐작할 수 있었다.

"거기에 우리가 어떤 방식으로 사냥을 하는지도 알릴 필요가 있어. 희생자가 많이 발생하면 안 되니까."

"알겠습니다! 제게 맡겨 주십시오!"

야쿰바는 자신이 퍼트린 소금에 대한 정보를 통해 얼마나 많은 사람들이 목숨은 물론 삶의 터전을 지킬 수 있었는지

잘 알고 있었고, 그 부분에 강한 자긍심을 느끼고 있었기에
이번 임무에도 강한 열의를 보였다.

　아마 단을 통한다면 굳이 많은 곳을 돌 필요도 없었다.

사태 반전

가온이 야쿰바에게 뤼나웜 심장의 효과를 공개하고 해당 정보를 널리 퍼트리라고 한 이유가 있었다.

'심장은 600만 개, 미세마정석은 앙헬조차 자세한 숫자를 모를 정도로 확보했어.'

더 이상은 욕심이다.

게다가 곧 세상에 회춘의 묘약으로 알려질 뤼나웜의 심장은 대략 1천 개 정도를 먹고 나면 내성이 강해져서 수만 개 정도를 먹어야 더 높은 효과를 볼 수 있었다.

'질리기도 했고.'

두 달이 넘게 뤼나웜을 사냥했다. 그동안 무수한 뤼나웜을 사냥하면서 검기폭 스킬은 3레벨까지 올랐고 에너지 변환 스킬도 2레벨이 되는 성과를 얻었다.

문제는 그렇게 많은 뤼나웜을 사냥했음에도 레벨은 1레벨이 올랐을 뿐이다.

물론 뤼나웜을 사냥하면서 레벨업을 기대한 것은 아니지만 숫자를 생각하면 힘이 빠지는 결과였다.

명예 포인트의 경우 초반에는 많이 모았지만 심장을 모으기 시작하면서 크게 줄어서 누적으로 증가한 수치는 겨우 100만 포인트에 불과했다.

'그래도 마기는 엄청나게 모았지.'

모둔은 1천 개나 되는 에너지 저장구를 마기로 채웠음에도 부족해서 3천 개를 더 요구했고, 지금 절반 이상을 채운 상태였다.

이제 의뢰를 끝낼 때가 되었다고 생각했기에 정보를 공개하기로 한 것이다.

가온은 앞으로 자신이 편하게 사냥을 할 수 있는 기간이 불과 한 달 남짓일 거라고 예측했다. 소금으로 뤼나웜의 진격을 막을 수 있다는 정보가 퍼지고 활용되는 데 그 정도가 걸렸기 때문이다.

'이제부터는 다시 포인트를 모으는 데 올인하자.'

그래야 자신의 조력자들을 다시 한번 성장시킬 수 있었다.

폰트 시티는 대륙 서부 해안에서 가장 큰 규모의 도시로 최근 염전 사업으로 대륙 5대 상단으로 우뚝 올라선 단 상단이 새롭게 자리를 잡은 곳이다.

단 상단은 가장 먼저 소금가마를 활용한 소금을 생산으로 그야말로 떼돈을 벌었다. 그 덕분에 단 상단은 어느새 대륙 10대 상단 중 하나로 꼽힐 정도로 폭발적으로 성장했다.

그런 단 상단의 새 보금자리는 폰트 시티 상가 구역의 10분의 1에 해당하는 거대한 건물군이었다.

어느 날, 단 상단의 본섬 정문에 특이한 차림의 전사가 나타났다.

그는 정문 경비 전사에게 패 하나를 전달했고, 얼마 후 그 전사는 단주 집무실로 안내되었다.

"야쿰바 전사, 오랜만이네."

야쿰바가 소파에 앉자 서류 더미가 높이 쌓여 있는 거대한 책상에 앉아 있던 단이 펜을 놓고 인사를 했다.

"이곳으로 본점을 옮겼다는 말은 들었지만 단 상단의 성세가 대단하더군요."

"허허허. 이게 다 자네 덕, 아니 온 님 덕분이네."

"제가 한 일은 그저 온 님의 말씀을 전한 것밖에 없습니다."

"그게 내겐 큰 은혜일세. 그래, 온 님을 만나고 오는 길인가? 아! 달리아트족 전사들은 곧 상행에서 돌아올 예정이네. 사오일 정도면 도착할 걸세."

"대가를 항상 넉넉히 주셔서 전사들은 물론 일족 모두가 만족하며 편안하게 살고 있습니다. 그리고 제가 들른 건 온 님이 특별히 당부한 것이 있기 때문입니다."

야쿰바의 말에 책상 앞에 앉아 있던 단이 놀란 얼굴로 자리에서 일어나더니 그의 맞은편 소파에 앉았다.

"혹시 이번에도 뤼나웜과 관계된 정보인가?"

"그렇습니다. 온 님은 일단 상단주님께 10만 금을 받으라고 하셨습니다."

"……10만 금을 말인가?"

"네. 받고 나면 그에 해당하는 물건을 드리고 선물의 정보를 알려 주라고 하셨습니다."

"크흠."

잠시 헛기침을 한 단이 심유한 눈빛으로 야쿰바를 한번 쳐다보더니 책상 위에 놓인 작은 종을 쳤다.

그러자 아까 야쿰바를 집무실 안으로 안내한 중년 남자가 들어왔다.

"부르셨습니까, 단주님."

"집사, 당장 10만 금을 아공간 주머니 하나에 담아서 가져와."

"네? 네!"

믿기 힘든 지시였는지 잠시 멍한 얼굴을 했던 집사는 단의 강렬한 눈빛을 대하더니 정신이 났는지 힘 있는 대답과 함께 집무실을 빠져나갔다.

"10만 금은 이 단이 온 님께 드리는 선물일세. 물건에 해당하는 대가는 따로 치르도록 하지."

야쿰바는 자신과 같은 전사에게는 가치도 헤아리기 어려운 거금인 10만 금을 받아 오라고 한 가온이나, 별 망설임이나 질문도 없이 바로 내주려는 단의 행동이 이해가 가질 않았다.

'역시 그릇이 달라.'

야쿰바는 이 세상을 이끌어 가는 리더들의 초월적인 사고의 편린을 엿볼 수 있었다.

얼마 후 집사가 고급스러워 보이는 주머니 하나를 가지고 왔다.

"온 님께 감사하다고 전해 주게. 가장 먼저 소금에 대한 정보를 알았기에 대륙 10대 상단으로 올라설 수 있었네."

"그렇게 하겠습니다."

야쿰바는 품속에 아공간 주머니를 집어넣고 대신 상체의 절반 크기에 달하는 가죽 부대 하나를 꺼내 단 앞으로 내밀었다.

"이건 육포가 아닌가? 이것이 온 님이 내게 전하라고 한 물건이 맞나?"

가죽 부대의 매듭을 풀어 내용물을 확인한 단이 고개를 갸웃거리며 물었다.

"그렇습니다. 그건 바로 회춘의 묘약입니다."

"회춘의 묘약?"

심상치 않은 단어에 단의 낯빛이 변했다.

"피부부터 시작해서 몸의 시간을 되돌리는 효과가 있습니다. 회춘 효과와 더불어 피로 회복은 물론 건강 증진 효과가 있습니다. 저와 같은 전사에게는 육체 강화와 마나 증진 효과도 있고요."

"……정말인가?"

"확실합니다. 제 얼굴을 확인해 보십시오."

"매……끈해졌군."

이제야 야쿰바의 얼굴에서 이질적인 변화를 확인한 단이 마른침을 삼켰다.

화산이 폭발한 분화구처럼 컸던 모공이 눈에 띄게 축소되었고 검붉게 탄 낯빛도 많이 옅어진 것 같았다.

"500개 정도를 먹으면 더 이상의 회춘 효과를 기대하기가 힘들다고 했습니다. 물론 그 정도만 먹어도 육체가 10년 이상 젊어진다고 하셨습니다. 10개 정도만 먹어도 효과를 확인할 수 있고요. 제 동생은 피부 미인이 되었고, 저와 같은 전사의 경우 그 정도를 먹게 되면 경지가 달라진다고 하셨어요. 실제로 저도 경지가 올랐습니다."

사실이다. 골드 중급이었던 야쿰바는 가온과 한 달가량 함께 지내면서 다양한 천연 영약을 먹었는데, 마지막에 이 뤼나웜의 심장 600개 정도를 먹고 골드 상급이 되었다.

무리를 하면 검사까지 뽑아낼 수 있는 실력자가 된 것이다.

"대, 대체 이게 뭔가? 더 구할 수 있나?"

야쿰바, 아니 달리아트족이 거짓말을 전혀 하지 않는다는 사실을 잘 알고 있는 단이니 놀라지 않을 수 없었다.

적당히 말린 작은 육포 조각이 일반인에게는 건강 증진은 물론 회춘의 효과를, 전사에게는 육체 강화와 마나 증진의 효과가 있다니 놀랄 수밖에 없었다.

단의 말에 야쿰바는 또 다른 주머니를 꺼냈는데 이번 건 아공간 주머니였다.

"10만 개입니다."

"우헉!"

단이 알아듣지 못할 소리를 지르며 아공간 주머니를 빼앗다시피 받았다.

"이제 이것의 정체를 알려 주게? 쉽게 구할 수 있는 건 아니겠지?"

"이건 뤼나웜의 심장입니다."

"뤼나웜의 심장이라고?"

단이 얼마나 놀랐는지 두 눈이 튀어나올 것 같았다.

"네. 온 님이 길들인 플라위스들이 성체임에도 꾸준히 몸집이 커지고 전투력이 상승하는 것을 유심히 지켜본 온 님이 뤼나웜의 효과를 발견하셨습니다. 독성도 걱정할 필요가 없습니다. 끓는 물에 집어넣고 색이 연해질 때까지만 삶으면 독이 다 빠진다고 합니다."

"오오!"

이건 상식을 깨는 일이다. 다른 사람이 이런 말을 했다면 못 믿겠지만 단을 단기간에 대륙에 손꼽히는 거부로 만들어 준 인물이 직접 확인한 내용이라면 믿을 수 있었다.

'이 정보를 어떻게 활용한다?'

천생 상인인 단의 머릿속이 팽팽 돌아갔다.

'아! 일단 대가부터!'

단은 다시 비서를 호출해서 이번에는 30만 금을 가져오도록 지시했다. 그 정도가 현재 상단이 보유하고 있는 현금 자산의 대부분이지만 그는 거금을 가온에게 선물하는 것이 전혀 아깝지 않았다.

"온 님은 이 정보가 소금의 경우처럼 대륙 전체에 퍼지길 바라시는 거겠지?"

야쿰바가 상기된 얼굴과 초롱초롱한 눈으로 비서가 가져온 상자 안을 가득 채운 금편을 쳐다보다가 이내 아공간 주머니 안에 집어넣는 모습을 끝까지 지켜본 단이 그렇게 물었다.

"그렇습니다. 상단주께서 단기간에 적당한 이득을 본 후에 퍼트리라고 하셨습니다."

역시 그럴 줄 알았다. 전사이긴 하지만 단이 알고 있는 온은 거래의 법칙을 제대로 알고 있었다.

'10만 개로 최소 300만 금은 챙겨야겠군. 온 님에게도 적당히 보내고.'

소금 건만 해도 갚기 어려운 은혜를 입었는데 또다시 이렇게 중요한 정보를 가장 먼저 전해 주니 어찌 감사하지 않을 수 있겠는가. 오는 게 있으면 가는 것이 있어야 함은 상거래를 떠나 인간관계의 기본이다.

단은 그런 생각을 하면서 드문 웃음을 터트렸다.

'당장 소금 유통에 투입된 전사들을 뤼나웜 사냥 쪽으로 돌려야겠어!'

단은 이번 건을 통해서 대륙 10대 상단으로서의 입지를 단단하게 다지는 것은 물론, 5대 상단으로 도약할 수 있을 거라고 확신했다.

많은 인력과 관리가 필요한 소금 유통과 달리 이 정보를 이용해서 돈을 버는 건 인맥이 각처에 뻗어 있는 단과 같은 대상인에게는 손 짚고 헤엄을 치는 것처럼 쉬운 일이다.

"이건 아직 시중에 풀리지 않은 아이템으로 통신기라고 하네."

단이 야쿰바에게 비서가 30만 금을 가지고 올 때 함께 가지고 온, 수정을 깎아서 만든 큰 구슬을 주었다. 이번에 새로 출시된 아이템으로 이 역시 미세마정석이 구동원이다.

"온 님께 전해 드리면 되는 겁니까?"

"그렇다네. 아무래도 온 님과 직접 소통할 수단이 필요했는데, 개인적으로 후원을 하는 연금 마법사가 개발을 했다고 하기에 가지고 오라고 했네."

"잘 전해 드리겠습니다."

"적어도 사흘에 한 번 정도는 통신을 하고 싶다고 전해 주게."

"그렇게 하지요."

단은 야쿰바를 정문까지 배웅하고 집무실로 돌아오면서 당장 자신이 아는 최고의 귀족들과 상인들을 초대할 생각을 하고 있었다.

보름 후, 대륙은 한 가지 소문에 그야말로 광풍이 불었다.

─미세마정석을 지니고 있는 뤼나웜의 심장을 삶아서 독성을 제거하고 500개를 먹으면 10년 이상 육체의 나이를 거꾸로 돌릴 수 있다!

─전사의 경우 마나를 증진하는 효과가 있고 일반인은 회춘과 함께 평생 건강하게 살 수 있다!

─아이의 경우 성장에 큰 도움을 주며 여인의 경우 주름이

사라지고 피부를 팽팽하고 탄력을 줄 뿐 아니라 광택이 나게 만들어 준다!

-병 때문에 기력이 약해진 경우에도 특효가 있고 약골인 육체가 강화되며 심지어 변비와 같은 잔병이 모두 사라진다!

이 소문을 들은 사람들은 쉽게 믿지 못했지만 시간이 조금 흐르자 곳곳에서 사실임을 증명하는 이야기들이 나왔다.

당연히 단 상단주가 선물 혹은 뇌물로 뤼나웜의 심장을 곳곳에 뿌렸고, 극히 일부는 매장에서 직접 판매까지 했기 때문에 나온 이야기였다.

상황이 이렇게 되자 회춘과 피부 개선에 혹한 귀족과 상인들 그리고 육체 강화와 마나 증진 효과에 혹한 전사들이 눈에 불을 켜고 뤼나웜의 심장을 찾았다.

마나 증진 효과에 혹한 전사들도 그렇지만 장년의 남자에게는 밤일을 다시 할 수 있는 정력을, 여자에게는 끊어졌던 생리를 다시 하게 만들 정도의 효과가 있다는 소문이 은밀하게 돌면서 이젠 일반인들까지 관심을 보이기 시작했다.

"그럼 온팀은 이미 이 사실을 알고 뤼나웜을 사냥한 거야?"

"그게 아니고 온팀이 사냥하는 과정에서 먹을 게 부족해서 이런저런 시도를 해 보다가 이 사실을 알아냈다고 하네."

"단 상단의 상단주의 경우 이빨이 다시 났다고 하더군."

"호색한으로 유명했지만 나이가 든 후로 정력을 잃고 낙담했던 엘론 자작이 이번에 새 첩을 들였다네."

"동정 킬러로 유명한 마로 부인도 회춘을 했는지 다시 젊은 귀족들을 침실로 끌어들인다는 소문이 자자하네."

"회춘의 묘약일 뿐 아니라 미세마정석도 가지고 있으니 뤼나웜은 그야말로 보물이군."

"게다가 우리와 같은 브론즈급 전사들도 잘만 작전을 짜면 충분히 사냥할 수 있는 보물이지. 당장 사냥하러 가자고!"

일반인들이야 그림의 떡에 불과했지만 전사들은 달랐다. 안 그래도 하루가 다르게 새로운 종류의 아이템이 출시되면서 미세마정석의 수요가 빠르게 증가하는 상황이었는데, 심장의 효과에 대한 소문이 불을 붙였다.

거기에 뤼나웜의 영역과 가까운 지역에서 활동하던 전사들이 실제로 사냥을 해서 소문처럼 삶아서 말린 상태로 복용한 결과 소문과 동일한 효능을 확인하면서 그 소문은 더욱 빠르게 퍼져 나갔다.

더욱이 그 전사들 대다수가 브론즈 등급이나 아이언 등급이었기 때문에 사냥 난이도도 그다지 높지 않다는 점이 확인되면서 전사들의 마음을 움직였다.

"사냥을 해서 직접 먹어도 좋지만, 판매할 경우 상행 호위와는 비교도 할 수 없는 거금을 벌 수 있다!"

실제로 뤼나웜의 심장이 고가로 유통되면서 수많은 전사

들이 뤼나웜이 득실거리는 경계로 향하기 시작했다.

이렇게 대륙에서는 새로운 대이동이 시작되었다.

뤼나웜의 심장이 가진 놀라운 효과가 알려지고 전사들이 대거 뤼나웜과의 경계로 남하하려는 시점. 가온 일행은 한 무리의 불청객을 맞이하고 있었다.

"이곳은 본국의 영토. 천한 놈들이 감히 본국의 허락도 없이 사냥을 하다니! 이제까지 사냥해서 얻은 뤼나웜 심장과 미세마정석의 90%를 내놓아라! 그렇지 않으면 모조리 죽여 버릴 것이다!"

찾아온 불청객의 정체는 본래 이 땅이 속한 타림 왕국의 근위 전사단이었다.

얼마나 광을 냈는지 빛이 나는 금속 아머에 투구와 부츠까지 맞춰 입은 모습을 보면 근위 전사단이라는 말이 거짓은 아닌 것 같았는데, 태도가 완전히 양아치다.

'뤼나웜을 사냥할 능력이 있으면서도 이제까지 방치했던 작자들이 감히!'

가온은 기가 막혔다.

타림 왕국은 사실 멸망한 것이나 다름없었다. 본래 엄청난 작물이 생산되는 평야를 기반으로 막대한 세수를 거둬들였지만 지금은 북쪽의 산악 지대를 제외한 영토의 8할 이상이 뤼나웜의 영역으로 변했고 살아남은 왕국민은 모두 북방으로 도망을 쳤다.

국왕과 귀족들은 가장 먼저 도망을 쳤고 심지어 수도까지 뤼나웜에 의해 황폐해진 상태였다.

그런데 자신들을 근위 전사단으로 칭하는 자들이 찾아와서 다짜고짜 말도 안 되는 이유를 들이대면서 이제까지 사냥한 전리품을 내놓으라고 협박을 하고 있었다.

'근위 전사단은 무슨! 오래전부터 뤼나웜을 사냥해 온 우리에 대한 소문을 듣고 찾아온 강도들이야.'

지금 나서서 협박을 하는 자는 작위가 백작이라는데 검사도 제대로 사용하지 못하는 수준에 불과했고, 동행한 전사들도 대부분 실버 중상급에 불과했다. 골드급이라고 해 봐야 열댓 명밖에 되지 않는다.

지금까지 사냥을 통해 얻은 전리품을 모조리 내주지 않으면 정말 죽일 생각인지 흉흉한 얼굴로 살기를 뿜어내고 있었다.

팀원들은 황당했지만 상대의 수가 200에 달했기 때문에 바싹 긴장한 상태로 가온의 대응을 지켜보고 있었다.

가온은 자신들을 노리는 세력이 이들이 전부가 아님을 정령들을 통해서 이미 알고 있었다. 거리는 제법 떨어져 있지만 이곳을 지켜보는 무리가 있었다.

현재 회춘의 묘약으로 알려진 뤼나웜의 심장을 가장 쉽고 빠르게, 그것도 대량으로 구할 수 있는 건 온팀을 터는 것이라고 생각해서 찾아온 것일 터다.

　자신이 미스릴급이라고 알려지기는 했지만 선민의식이 강한 귀족인 단장이 그것을 믿을 리가 없었고 숫자가 고작 다섯에 불과하기에 탐욕을 부리는 것이다.

　'본보기를 보여 주어야겠구나.'

　상대가 진짜 타림 왕국의 근위 전사단인지 여부는 알 수 없지만, 이 세상 사람도 아닌 가온에게 위협이 될 것은 전혀 없었다.

　"하하하. 지금 우리를 털겠다는 거지?"

　"뭐라? 감히 나와 우리를 어떻게 보고! 우리는 이 땅이 주인인 타림 왕국의 근위 전사단이다! 이 땅의 모든 것은 국왕 폐하의 것이다. 이 땅에서 허락도 없이 뤼나웜을 사냥한 너희들을 당장 죽여야 마땅하지만 그래도 뤼나웜에 대한 정보를 세상에 알린 작은 공을 생각해서 이 정도로 용서를 해 주는 것이다. 뭐 하느냐? 당장 내놓지 않고!"

　"그런 새끼들이 뤼나웜이 두려워서 재산을 모두 챙겨서 왕국민들 몰래 도망쳤냐? 그래 놓고 지금 나타나서 소금을 통해서 뤼나웜을 통제할 수 있다는 사실을 세상에 널리 알리고 놈들이 더 이상 북상하지 못하도록 몇 달 동안 사냥을 하고 있는 우리를 겁박해서 그동안 얻은 전리품을 내놓으란 말이

냐? 네가 백작이라면 누구보다 더 명예를 잘 알 텐데 대체 명예와 양심은 어디에 팔아먹은 거냐?"

"무, 무슨 소리냐? 너희들은 본국의 영토에서 허락도 받지 않고 사냥을 한 범법자에 불과하단 말이다! 이거 안 되겠군. 말로 해서는 안 될 자들이다! 모두 검을 빼 들어라!"

차앙! 차앙!

단장의 명령에 흉흉한 가세를 방출하고 있던 자칭 근위 전사들이 무기를 빼 들었다.

분위기가 살벌하게 흘러가자 아레오와 아나샤 그리고 차링도 전투 준비를 했다. 그녀들도 이 상황이 말도 안 되며 받아들일 수 없었기 때문이다.

아레오과 차링은 본인들이 익힌 가장 강력한 마법을 준비했고, 어느새 신성력을 몸 주위에 두른 아나샤는 일행에게 축복을 걸어 주고 있었다.

하지만 그녀들까지 나설 필요는 전혀 없었다.

"너희들은 스스로 타림 왕국의 근위 전사단으로 자칭하지만 말하는 것이나 행동을 생각하면 아무리 생각해도 강도단에 불과해! 우트 신의 화신자로서 우트의 말씀에 따라 대륙을 멸망으로 이끌고 있는 뤼나웜을 토벌하는 소명을 수행해 온 나는 이런 시국에서도 사람들에게 전혀 도움이 되지 않는 너희 강도단을 우트 신을 대신해서 벌을 내리겠다! 플라워스!"

가온은 강도 취급을 받은 상대가 어떤 반응을 하기도 전에 휘파람을 불었다.

퓌이이이~!

멀리에서도 들을 수 있도록 마나를 주입해서 모두에게 선언을 한 가온이 휘파람을 불고 얼마 지나지 않아서 하늘이 컴컴해졌다. 100마리가 훨씬 넘는 거대한 몸집의 플라위스들이 나타난 것이다.

'빛나는 금속 아머를 입고 있는 자들에게 불지옥을 보여 줘!'

그렇게 명령을 내린 가온도 가만히 있지는 않았다.

"흐업!"

이 정도로 압박을 하면 상대가 알아서 무릎을 꿇을 거라고 생각했던 아트 백작은 하늘 한쪽을 가린 거대한 몸집의 플라위스 떼가 자신들을 향해 살기를 방출하는 모습에 뭔가 잘못되어 간다고 생각을 했다.

'이자가 플라위스들을 길들였다는 말이 사실이었구나!'

플라위스는 미스릴급은 되어야 사냥할 엄두를 낼 정도로 최상위 비행 마수다. 그런 마수들이 100마리가 훨씬 넘는데 금방 자신들을 향해 브레스를 방출할 것처럼 부리를 벌리고 공기를 흡입하고 있으니 심장이 덜컥 내려앉았다.

'정말 우리와 싸우려는 건 아니겠지?'

아무리 미스릴급이라도 생각이 있는 자라면 겨우 다섯 명으로 200이 넘는 자신들을 상대하려고 할 리가 없다고 생각하며 정면을 쳐다본 순간 온이라는 전사가 길이만 2미터가 넘는 새하얀 오러블레이드를 생성하자 숨을 멈추었다.

"오, 오러블레이드!"

"커흑!"

여기저기에서 경악성이 튀어나왔다.

'미스릴 상급! 미친!'

전사의 등급 간 무력의 차이는 대략 다섯 배에 달한다. 즉, 골드급은 실버급 다섯 명에 해당하는 전투력을 가지고 있다는 말이다.

하지만 미스릴급의 경우 초급과 중급, 중급과 상급의 차이는 무려 열 배 이상이다. 그만큼 검사나 오러블레이드는 검기와는 차원이 다른 위력을 가지고 있었다.

상대의 실력이 미스릴 상급이라면 자신과 같은 초급, 아니 이제 막 입문한 경지로는 열 명이 아니라 100명은 되어야 겨우 막을 수 있다는 말이다.

"자, 잠깐만! 크아아악!"

백작이 이렇게 을박지를 상대가 아님을 깨닫고 상황을 바꾸려는 순간 하늘에서 일제히 화염 줄기들이 쏟아졌다.

"아아악!"

"뜨거워!"

타림 왕국의 근위 전사들은 금속 방어구를 착용하고 있는 상태였고, 모여 있었기 때문에 화염 줄기들을 피하기가 힘들었다.

순식간에 절반 이상이 화염에 휩싸였고 전사들은 산 채로 불타기 시작했다.

그들은 감히 도망칠 생각도 하지 못했다. 워낙 상황이 빠르게 전개된 것도 있지만 상대가 이렇게 빠르게, 그것도 플라위스들을 동원해서 화염 브레스 공격을 감행할 거라고는 눈곱만큼도 생각하지 못했기 때문이다.

하지만 그건 시작에 불과했다. 화염 브레스를 방출한 플라위스들이 빠르게 하강했다. 그리고 검기에도 견딜 수 있는 길고 날카로운 발톱과 부리를 이용해서 사냥을 하기 시작했다.

물론 공격은 그게 전부가 아니었다. 보기만 해도 신성한 기운을 방출하는 새하얀 오러블레이드가 골드급 이상을 노리고 날아왔다.

"미친!"

멀찍이 떨어져서 상황을 지켜보던 자들은 누가 명령을 내린 것도 아닌데 몸을 숨기기 바빴다.

100마리가 훨씬 넘는 거대한 플라위스들의 화염 브레스 공격도 그렇지만, 미스릴 상급 전사의 상징인 오러블레이드를 생성하고 바람처럼 빠르게 움직이면서 상대의 목을 가차 없이 날리는 가온의 비현실적인 신위에 자신도 모르게 겁을 먹었다.

전투는 순식간에 끝났다.

지켜보는 이들이 어이가 없을 정도로 빠른 시간에 200여 명에 달하는 타림 왕국의 근위 전사단이 몰살해 버린 것이다.

"하아! 미스릴 상급 전사를 상대로 강도짓을 하려고 했다니. 이건 아무런 훈련도 받지 않은 어린아이들이 숙련된 전사를 죽이겠다고 달려든 꼴이 아닌가."

누군가의 혼잣말이 지켜보던 자들의 마음을 대변하고 있었다.

일국의 근위 전사단치고는 무위가 의심스럽긴 했지만 그래도 전원 실버 상급 이상으로 구성된 200여 명의 전사들이 순식간에 몰살당했으니, 자신도 의식하지 못하는 사이에 몸이 떨릴 수밖에 없었다.

"신성력이 깃든 오러블레이드라니. 정말 우트 신의 화신인 모양이네."

뤼나웜의 심장에 대한 정보를 입수하고 이렇게 빠른 시간에 이곳을 찾아올 정도면 정보력이나 전투력에 자신이 있는 집단들이었기에, 가온이 생성한 오러블레이드의 근원적인 힘이 신성력이라는 사실 정도는 확인할 수 있었다.

"우트 신을 따르는 자들이라 아무런 대가도 없이 겨우 다섯 명이 뤼나웜 사냥을 시작했고, 소금과 뤼나웜의 심장에 대한 정보를 풀었구나."

"신들이 세상이 어지러워지면 화신자나 현신자에게 힘을 빌려주었다는 전설이 사실이었어!"

"저쪽에 있는 여자를 봐! 신성한 휘광을 온몸에 두르고 있잖아. 저 정도면 적어도 신전의 성녀나 수석 대사제 정도는 되어야 한다고."

"신의 의지를 대신 수행하는 신성한 분들에게 이미 멸망해 버린 왕국의 근위 전사단이 말도 안 되는 요구를 하니, 강도단 취급을 받을 수밖에 없지. 공손히 부탁을 해도 콧방귀를 뀔 상황인데."

"그냥 다섯 명이 아니야. 플라위스만 해도 골드급은 가볍게 쪄 먹을 전투력을 가졌으니 골드 상급 이상의 실력자가 무려 100이 훨씬 넘는다고 계산해야지."

"우트 신의 화신자였으니 최상급 비행 마수인 플라위스들을 이렇게 길들인 것이겠지. 암!"

"우리 머레이 전사단은 애초에 세상을 구한 영웅들을 보고 싶어서 온 것이고 확인까지 했으니, 바로 물러난다! 우리도 영웅들을 따라서 뤼나윔 사냥을 시작할 것이다!"

"생사의 신, 우트의 가르침을 따르는 우리 싱카델 전사단 역시 신의 의지를 수행하기 위해서 목숨을 바칠 것이다!"

이곳저곳에서 자신들의 소속을 밝히며 우트 신의 의지에 따라서 뤼나윔 사냥을 하겠다는 외침들이 이어졌다.

그런 모습을 본 가온은 헛웃음을 지었다.

'자신들은 강도떼가 아니니 공격하지 말라는 거네.'

그와 함께 뤼나웜 사냥을 재물을 얻기 위함이 아니라 신의 의지에 따라 행해지는 일종의 성전으로 돌리고 있었다.

한 가지 소문이 폭발적으로 퍼지기 시작했다. 베일에 가려 졌던 온팀이라는 소규모 사냥팀의 정체가 밝혀진 것이다.

놀랍게도 전사, 마법사, 원소술사, 사제로 구성된 온팀은 단순히 미세마정석이나 심장을 얻기 위해서 뤼나웜을 사냥하는 것이 아니라, 생사의 신인 우트의 신탁을 받고 그 의지를 실현하기 위해 목숨을 걸고 사냥을 시작했다는 내용이었다.

특히 우두머리인 온이라는 전사는 우트 신의 화신자에, 무위는 무려 미스릴 상급으로 대륙 최강의 전사에 능히 꼽힐 실력을 가지고 있었고, 사제는 생사의 신전 전대 성녀라는 사실이 추가로 포함되었다.

사람들은 그제야 소금이 뤼나웜의 진격을 막을 수 있다는 정보를 온팀이 세상에 알렸으며, 사냥을 독려하기 위해서 뤼나웜의 심장이 가지고 있는 효과에 대한 정보 또한 추가로 알렸다는 사실을 알게 되었다.

그리고 온팀이 뤼나웜을 정리한 땅이 자신들의 영역이니 이제까지 사냥을 통해 얻었던 전리품의 9할을 내놓으라며 강박을 했던 자칭 타림 왕국의 근위 전사단 200여 명이 강도로 몰려서 미스릴급 전사와 플라위스들에 의해 전멸했다는 소문 또한 함께 퍼졌다.

"간덩이가 부푼 강도떼였네. 감히 신의 의지를 수행하는 화신자를 겁박할 생각을 하다니."

"그게 사실은 진짜 타림 왕국의 근위 전사단이라는 말도 있어. 거기 국왕이 겁이 많아서 국민들을 다 버리고 귀족들과 먼저 도망을 친 주제에 욕심까지 많아서 그런 명령을 내렸다는 거야."

"하하하. 그게 사실이라면 정말 속이 시원하겠네. 로텐 왕국은 뤼나웜의 진격을 막는 와중에 왕가와 귀족이 대부분이 죽었지만, 타림 왕국은 국왕이며 귀족들이 재산을 챙겨 가장 먼저 도망을 쳤잖아. 피난 지시조차 내리지 않아서 수많은 사람들이 죽었고 말이야."

"아무튼 이제 우리는 산 거야. 어쨌든 우리와 같은 평민들은 귀한 뤼나웜의 심장을 먹을 수는 없겠지만, 그 때문에 수많은 전사들이 남하하고 있으니 오래지 않아서 뤼나웜이 모조리 사라질 거라고. 진작 이럴 것이지."

"그러게 말이야. 그래서 나는 이미 생사의 신전에 헌금을 하고 왔네. 비록 내가 믿는 신은 아니지만 우트님 덕분에 세상이 안전해질 것 같아서 말이야."

"나도 당장 신전으로 가야겠네. 다른 신전과 달리 생사의 신전은 좀 무섭기는 하지만, 화신자를 보내 주신 유일한 분이니 헌금이라도 해야지."

온팀과 생사의 신인 우트에 대한 칭송이 빠르게 퍼지면서 생사의 신전 지부가 있는 곳은 사람들의 발길로 들끓었다.

제국의 의뢰

대륙 중북부에 위치해 있으며 영역의 3할 정도가 뤼나웜에 잠식되어 지금은 세가 많이 약화된 아테론 제국의 황실 모처.

젊은 황제는 테이블 양쪽에 앉아 있는 여섯 명을 쳐다보며 차를 마시고 있었는데, 황제가 입을 열지 않은 지 꽤 오래되는 바람에 분위기가 착 가라앉아 있었다.

"폐하, 오늘따라 말씀을 아끼시는군요."

황제의 오른쪽에 앉은 카이저수염의 노인이 참석자들을 대표해서 입을 열었다.

"놀란 공작."

"네, 폐하."

"뤼나웜의 심장에 대한 새로운 정보는 사실이었소."

"네? 그, 그게 정말입니까?"

황제의 느닷없는 말에 놀란 공작은 물론 다른 참석자들의 안색이 단번에 바뀌었다.

"얼마 전에 소금을 발판으로 대륙 10대 상단이 된 단 상단에서 짐에게 선물로 뤼나웜의 심장을 보내왔소."

"그, 그렇습니까?"

놀란 공작은 빠르게 황제의 얼굴이나 손 등을 훑어보았지만 소문과 달리 눈에 띄는 변화는 없었기에 의아했다.

"소문이 사실인지 확인하기 위해서 백합궁의 주인에게 100개를 선물했는데, 5일 만에 예전의 모습을 되찾더군. 아니, 더 어려졌어. 또한 근위 전사단에도 100개를 보냈는데, 다음 경지를 눈앞에 두고 있는 전사가 먹고 나서 단숨에 경지를 넘었다고 했소."

백합궁의 주인은 황제가 가장 사랑하는 후궁인 안타레아로 1년 전에 심한 피부병을 앓은 이후 얼굴 피부가 쭈글쭈글해져서 황제가 백방으로 사람과 약을 구했지만 모두 소용이 없었는데, 그게 말끔히 치료된 것이다.

거기에 뤼나웜 심장 100개를 먹고 경지를 넘어선 전사까지 나왔으니 효능은 확인된 것이나 다름없었다.

소문에서 가장 크게 언급된 '회춘'이라는 단어에 황제는 물론이고 참석자들의 눈빛 자체가 달라졌다. 그들 역시 나이가 있는 만큼 회춘에 관심이 안 갈 수가 없었다.

"그럼 당장 뤼나웜을 사냥해야 합니다! 지금 이 시각에도 연금 마법사들은 새로운 아이템들을 쏟아 내고 있어 미세마 정석의 수요도 엄청납니다!"

귀밑머리가 희끗하지만 각진 얼굴과 부리부리한 눈 그리고 강렬한 눈빛이 아주 인상적인 전사 차림의 장년인이 벌떡 일어나며 말했다.

"그럼 지금 공략하고 있는 던전은 어떻게 할 생각인가?"

"당장 브레이크가 발생할 던전은 없습니다. 아니, 설사 있다고 해도 지금은 뤼나웜이 더 중요합니다!"

갓상점에서도 그 정도의 효과를 가진 치료약이나 영약을 구할 수는 있다. 하지만 그 가격이 워낙 높아서 뤼나웜을 사냥하는 것과는 비교할 수도 없었다.

"그래서 말인데 현재 던전을 공략하고 있는 전사 중 절반 정도를 뤼나웜 사냥에 투입했으면 하오."

"절반이면 네 개나 됩니다. 그렇게 되면 눈치를 채고 호시 탐탐 공략 기회만 엿보고 있는 몇몇 전사단에 의해서 던전에 대한 정보가 공개될 수 있습니다."

"그건 감수해야지. 제대로 공략을 해 봐야 얻을 수 있는 것이 많지 않은 던전은 포기하고, 그 인원을 뤼나웜 사냥으로 돌려야겠소. 소문이 사실인 것으로 밝혀졌소. 작전만 잘 짜면 브론즈나 아이언급 전사들도 충분히 사냥할 수 있기에

서두르지 않으면 많은 것을 놓칠 수 있을 것이오. 최근에 속속 출시되고 있는 아이템에 꼭 필요한 미세마정석 때문에라도 되도록 많은 숫자를 사냥할 필요가 있소."

던전의 중요성이야 이 자리에 있는 이들이 누구보다 잘 안다. 그래서 비밀리에 관리를 해 왔던 것이 아닌가.

"저희를 대신해서 던전을 공략하는 자들도 섣불리 비밀을 토설하지 않을 테지만, 갓상점과 명예 포인트에 대한 사실도 같이 알려질 가능성도 높은데, 괜찮을까요?"

"알려져도 할 수 없는 일이오. 이미 알 만한 자들은 다 알고 있어서 비밀이 오래 가지도 않을 것 같고, 언제까지 비밀로 유지할 수 있을 것 같소? 안 그래도 북상한 마수와 몬스터 들이 날뛰는 상황에서도 본국의 전사들이 나서지 않는 사실에 대해서 실망하고 있는 제국민들이 많소. 그런 그들에게 이 기회에 뤄나웜처럼 위험한 마수나 몬스터가 나오는 것을 막기 위해서 던전을 공략하고 있었다고 공표하면 제국민들은 물론 영주들도 짐과 황실의 배려에 감사할 것이오. 다들 어떻게 생각하시오?"

보위에 오른 지 불과 4년밖에 안 되는 젊은 황제는 무소불위의 권력을 마음대로 휘둘렀던 선대와 달리 최고귀족평의회라는 이름을 가진 이 자리의 참석자들의 의견을 많이 참조하는 편이었다.

"뤄나웜의 숫자가 아무리 많아도 날로 뛰고 있는 미세마정석의 가치와 심장의 약효로 인해서 전사들이 대거 사냥에 나서면 얼마 지나지 않아서 씨가 마를 겁니다. 비록 제국의 안위를 위해 비밀로 유지해 왔던 던전의 정보가 공개되는 것은 피할 수 없는 일이지만, 폐하의 말씀대로 서둘러야 합니다."

"폐하의 말씀대로 던전에 관련된 정보는 머지않아서 공개가 될 겁니다. 제 귀에도 들어올 정도니까요. 그러니 낮은 수준의 던전은 아예 정보를 공개를 해서 일반 전사단에게 맡기고, 차제에 뤼나윔을 안정적으로 관리할 수 있는 방안을 강구하여 지속적인 공급을 꾀해야 할 것으로 보입니다."

이런저런 의견이 나왔지만 내용은 대동소이했다. 당장 던전을 공략하던 전사 상당수를 빼내어 뤼나윔 사냥으로 돌리자는 황제의 의견과 다름이 없었다.

마지막으로 제국 근위 전사단 단장이 방점을 찍었다.

"소신이 생각하기에도 대륙의 전사들이 거의 모두 달려들고 있기 때문에 뤼나윔의 사냥은 단기간에 끝날 것 같습니다. 그렇다면 고위급 전사들까지 어느 정도 동원해서 뤼나윔의 미세마정석과 심장을 최대한 빨리, 많이 확보하는 것이 필요합니다."

"좋소. 그 건은 그렇게 처리를 하고, 말이 나온 김에 가장 위험한 마족 던전에 대해서도 의논을 해 봅시다. 그곳은 우리 제국의 정예가 투입되어 있는데, 어떻게 했으면 좋겠소?"

마족 던전은 제국이 관리하는 던전 중 규모가 가장 크며 마수와 몬스터의 숫자도 가장 많아서 공략하는 데 엄청난 인력은 물론 시간도 많이 걸리는데, 위험한 언데드들까지 출몰하는 바람에 현재는 공략 대신 빠져나오는 놈들만 처리하는 정도로 관리하고 있었다.

그런 단순한 임무에도 불구하고 제국의 상급 전사 중 4분의 1이 그곳에 묶여 있는 상황이었다. 그 정도로 위험한 던전이었다.

회의에 참석한 이들은 황제의 물음에 잠시 아무 말도 하지 못했다. 북부 초원에 위치한 마족 던전은 그동안 여섯 차례에 걸쳐 대규모 인원이 투입되었지만 공략은커녕 관리도 힘든 상황이다.

결국 입을 연 사람은 근위 전사단 단장이었다.

"공략 건에 대해서는 나중에 다시 의논을 하고 일단 3전사단을 대체할 수 있는 전력에 의뢰해서 해당 던전의 관리를 잠시 맡아 달라고 부탁을 하면 어떨까 싶습니다."

"현재 그곳을 관리하는 것이 제3전사단인가?"

"그렇습니다. 알아봤는데 뤼나웜을 대량으로 빠르게 사냥하려면 뛰어난 마법사가 필수적이라고 합니다. 제3전사단에는 4등급 마법사 일곱 명과 5등급 마법사 두 명이 포함되어 있습니다."

"하긴 원래 위험한 마수와 몬스터 사냥이 주 임무였던 제3전사단이 가세한다면 누구보다 빠르게 뤼나웜을 사냥할 수 있을 것 같군. 그런데 3전사단을 대체할 수 있는 무력을 가진 세력이 있소?"

황제가 그렇게 물어보자 참석자들은 나름 머리를 굴렸지만 떠오르는 이름이 없는지 앓는 소리만 나왔다.

그러다가 놀란 공작이 뭔가 떠오른 얼굴로 입을 열었다.

"온팀이라면 가능하지 않을까 싶습니다."

"온팀? 우트 신의 신탁을 받아서 뤼나웜을 사냥해 왔고 그 과정에서 소금의 효과와 뤼나웜의 심장에 대한 정보를 밝혀 낸 그들을 말하는 것인가?"

황제도 온팀에 대해서 잘 알고 있었다. 선물을 보내온 단상단주가 물건과 정보의 출처가 바로 온팀이라는 내용의 글을 함께 보내왔다.

"그렇습니다. 온이라는 우트 신의 화신자가 우트 신의 의지에 받들어 가장 먼저 뤼나웜을 사냥하기 시작했으며, 어제는 명예를 저버리고 강도질을 하러 나선 타림 왕국의 근위 전사단 200여 명까지 순식간에 도륙할 정도로 엄청난 전투력을 보유하고 있다고 합니다."

"경은 정말 온이라는 자가 신의 화신자라고 생각하나?"

"그렇습니다. 마침 근처에 파견된 정보부원이 실제로 신성력을 발휘하는 것까지 확인했습니다. 더구나 생사의 신전의 전대 성녀까지 합류한 상태이니 그들이 신탁에 따라 움직이는 건 확실할 겁니다."

"하지만 그들의 숫자가 넷 혹은 다섯이라고 들었는데……"

"온팀은 겨우 네다섯 명밖에 안 되지만 최상급 비행 마수인 플라위스 100여 마리를 고려하면 소규모로 볼 수도 없습니다. 거기에 그동안 마족 던전을 담당해 온 초원의 갈기족 전사들을 붙여 준다면 한동안 제3전사단을 대체할 수 있을 겁니다."

플라위스는 와이번도 사냥을 하는 최상급 비행 마수이니 수긍이 가는 말이기는 했다.

"흠. 짐도 그렇게 생각하지만 신탁에 따라 뤼나웜을 사냥해 온 그들이 과연 마족 던전에 관심을 보일까?"

"거액의 보상과 함께 본국에 소재한 생사의 신전 지부들을 적극적으로 지원하겠다는 의사를 표명한다면, 당분간 근위 전사들이 빠져나간 자리를 메우는 정도의 의뢰는 수락할 듯싶습니다. 거기에 마족 던전에서 가장 많이 빠져나오며 전사들에게 가장 많은 피해를 입히는 비행 마수를 상대하려면 플라위스가 제격입니다. 던전 브레이크가 머지않았다는 점이야 당연히 고지할 필요는 없지만, 사제들이 가장 싫어하는 마족과 언데드를 언급하고 던전에서 방출되는 이질적인 마나로 인해서 변종이 많이 발생한다는 점까지 피력하면 설득할 수 있을 것 같습니다."

그렇게 놀란 공작이 대답하자 근위 전사단 단장이 형형한 눈빛으로 좌중을 돌아보더니 다시 입을 열었다.

"소신이 생각하기에도 마족 던전은 그들에게 맡기는 것이 좋을 것 같습니다. 따로 알아봤는데 온이라는 전사는 현재 대륙 최강자에 해당하는 무력을 가지고 있습니다. 그런 자가 전대 성녀를 통해서 신력까지 발휘하게 되었다면 마족 던전을 공략하지는 못하더라도 언데드는 확실하게 숫자를 줄일 수 있을 것 같습니다."

놀란 공작의 말에 황제가 고개를 끄덕였다.

"좋소. 100만 금까지 사용해도 좋소. 제국 내에 지부를 둔 생사의 신전에 대한 지원도 약속하시오. 전사들이 뤼나웜 사냥을 하는 동안 그들이 마족 던전을 맡도록 설득하시오."

"네, 폐하!"

일제히 대답을 하는 참석자들의 마음은 급했다. 자신들도 따로 정보선을 통해 보고를 받고 있지만, 지금 이 시간에도 헤아릴 수 없이 많은 전사들과 마법사들이 남쪽으로 향하고 있었기 때문이다.

사냥하기가 좀 까다롭기는 하지만 인간의 욕심 앞에서는 무력할 수밖에 없다. 어떤 방식이든 피해를 줄이고 쉽고 빠르게 사냥하는 방법이 나올 테니 말이다.

"하아! 여기도 사람들로 바글바글하네요."

얼마 전 합류한 야쿰바가 황당한 눈으로 경계 밖 암반 지대에 자리를 잡고 있는 사람들을 보았다.

대략 보름 전부터 이동하는 곳에 전사들이 보이기 시작하더니 일주일이 지난 지금은 사냥할 엄두를 낼 수 없을 정도로 많은 사람들이 경계에서 사냥을 하고 있었다.

마법사가 포함된 그룹의 경우에는 대낮에 사냥을 하고 그렇지 않은 그룹이나 개인 혹은 소규모 팀의 경우 해가 진 이후에 최근 시판되고 있는 마법 등을 활용해서 뤼나웜을 사냥했다.

브론즈나 아이언급 전사들만이라면 위험한 사냥이고 사상자가 많이 나왔겠지만, 실버는 물론 종종 골드급 전사들도 보였으며 100명 이상의 규모를 가진 전사대들이 사냥을 주도하고 있어 사상자는 그리 많이 나오지 않았다.

그렇게 몰려든 전사들은 이제 자리싸움까지 할 정도로 수가 엄청났다.

"온 랑, 우린 더 이상 사냥을 하지 않아도 될 것 같은데요."

"진작 이렇게 사냥을 할 것이지."

"던전 때문이잖아요."

"하긴. 던전에 대한 소문이 빠르게 퍼진다면서?"

어제 야쿰바와 함께 향신료를 사러 인근 도시에 다녀온 차링이 알아 온 정보였다.

회춘의 효력이 있다는 뤼나웜의 심장에 대한 소문이 아니었다면 난리가 났을 던전에 대한 정보가 빠르게 퍼지고 있었다.

던전 안은 이계 혹은 다른 차원의 일부이며 그 안에 서식하는 동식물도 현재 살고 있는 차원의 것이 아니라는 사실은 물론, 던전에서 마기라고 부르는 에너지가 흘러나와 뤼나웜과 같은 변종을 만들어 낸다는 내용이었다.

거기에 더해서 던전을 공략하는 데 높은 기여도를 올리면 특별한 상점을 통해서 원하는 것은 뭐든 구입할 수 있는 기회를 얻을 수 있다는 사실도 함께 알려졌다.

사람들은 당연히 놀랄 수밖에 없었다. 이계나 다른 차원이라니 머리가 트인 사람이 아니면 쉽게 받아들일 수 없는 개념이었기 때문이다.

하지만 세상을 멸망시킬 것처럼 무서운 기세로 증식한 뤼나웜이라는 변종 마수가 사람들로 하여금 던전이라는 장소와 다른 차원이라는 새로운 개념을 받아들이도록 만들어 주었다.

또한 일반인은 충격을 받는 동시에 그동안 활동을 하지 않아서 유명무실해졌다고 생각했던 국가나 고위급 귀족가 들이 실은 뤼나웜보다 더 위험한 던전을 공략하고 있었다는 사실에 안도감을 느꼈다.

뤼나웜 때문에 겁을 먹고 활동을 멈춘 것이 아니라 뒤에서 세상을 지키기 위해서 수많은 전사들이 던전을 공략하고 있었다는 말을 곧이곧대로 믿는 것이다.

물론 그런 부분을 고려해서 소문을 냈겠지만 사람들은 격변하는 상황을 비교적 쉽게 받아들이고 있었다.

아무튼 이런 상황이니 거기에 끼어서 사냥을 할 수는 없었다. 투명 날개를 이용해서 일정 고도의 상공에 떠서 검기폭을 날리는 사냥법을 보여 준다면 무슨 일이 생길지 모른다.

'얼마 남지 않았어!'

가온은 의뢰를 완수할 날이 얼마 남지 않았다고 생각하며 기꺼이 이런 상황을 받아들였다.

"온 랑, 저 사람들과 함께 사냥을 할 수는 없을 것 같은데, 어떻게 할까요?"

안 그래도 고민하던 가온은 아나샤의 물음에 입을 열었다.

"그래도 사냥은 안 할 수는 없으니 사람들의 접근이 어려운 지역으로 이동하자고."

이제 전사들이 대거 뛰나옴 사냥에 합류할 테지만 그래도 시간을 줄이려면 쉴 수는 없었다.

도시와 가까운 경계 쪽은 사람들이 접근하기가 좋지만 거대한 협곡이나 험준하고 큰 산 쪽은 아직 사람이 없었다.

이동하는 것도 어렵지 않다. 네 사람을 구조물에 고정시킨 후 투명 스킬을 펼친 상태에서 날아가면 누구도 볼 수 없으니 말이다.

가온 일행은 그렇게 아직 사람들이 접근하지 않는 지역들을 위주로 사냥을 지속했다.

뤼나웜 사냥에 위험은 없었다. 그래서 지루했지만 일행은 명예 포인트를 챙기는 재미와 자신의 실력이 올라가는 것에 만족하며 사냥을 이어 갔다.

그 결과 뤼나웜 사냥을 시작한 지 석 달이 되자 가온이 확보한 뤼나웜 심장은 1천만 개가 넘었고 천문학적인 숫자의 미세마정석까지 확보할 수 있었다.

그동안 가온이 지원해 주는 천연 영약과 수련 그리고 사냥을 통해 역량을 키운 일행의 능력도 크게 올라가서, 아레오 등 네 사람도 500포인트를 추가로 얻어서 그동안 골라 두었던 스킬들을 익힐 수 있었다.

그동안 꾸준히 성장했던 플라위스들도 이제 더 이상 성장하지 않았다. 그래서인지 녀석들은 뤼나웜 사냥보다는 다른 마수나 몬스터 사냥을 하는 시간이 늘어났다.

가온은 하루 날을 잡아서 비행을 통해 대륙을 빠르게 횡단했는데, 자신 일행이 정리한 3천 킬로미터의 구간을 제외한 나머지 구간은 전사들이 득실거려서 시간이 좀 흐르면 뤼나웜은 박멸될 것 같았다.

정기적으로 통신을 하는 단의 말에 따르면 대륙의 전사 중 절반 이상이 뤼나웜 사냥에 나섰다고 할 정도이니 비록 의뢰 완수를 알리는 안내음을 전해지지 않았지만, 이젠 좀 쉬워도 될 것 같았다.

'이제 그만해야겠네.'

뤼나웜 사냥으로 레벨은 불과 3밖에 오르지 않았지만 얻은 것들이 너무나 많았다. 그렇기에 흔쾌하게 사냥 중지를 결정할 수 있었다.

오랜만에 한가로운 저녁이다. 아무리 콰르 고기가 맛있어도 매끼마다 먹을 수는 없어 오늘은 야쿰바와 차링 남매가 사냥을 해 온 야생 오리 구이를 해 먹기로 했다.

네 사람은 가온이 알려 준 대로 배를 가르고 그 안에 다양한 채소와 향신료를 넣은 후 근처에서 진흙을 가져와서 오리 위에 두껍게 발랐다.

이제 불을 피우고 타는 숯 안에 진흙을 바른 오리를 넣어서 적당히 익히면 된다.

오늘은 오랜만에 술도 함께 즐길 예정이라서 다들 크게 기대하고 있었다. 게다가 드디어 이 지루한 사냥을 끝내는 날이 아닌가.

그런데 그때 통신구가 빛을 방출하며 거세게 진동했다.

"단 상단주가 웬일이지?"

슬쩍 마나를 주입하자 익숙한 얼굴이 수정구가 빛을 발하며 단의 얼굴이 집무실 일부와 함께 떠올랐다.

"아직 통신할 시기가 아닌 것 같은데 무슨 일이라도 있소?"

수정구에 비친 단의 얼굴은 평소와는 좀 달랐다.

—아테론 황실에서 온 님을 찾아온 고귀한 분이 있습니다.

"아테론 제국?"

에테론 제국은 대륙 중북부에 걸쳐 거대한 영역을 지배하는 강국이었다. 물론 지금은 영토의 3할 정도가 뤼나웜에 의해 잠식된 상태였다.

—그렇습니다. 근위 전사단 단장이신 오르케스 후작께서 직접 저희 상단을 찾아오셨습니다. 온 님과 할 말씀이 있다고 합니다.

그 말과 함께 단이 자리에서 일어나고 다른 인물이 그 자리를 차지했다.

—방금 단 상단주가 소개한 오르케스 후작이네.

"뵙게 되어 영광입니다. 온이라고 합니다."

제국의 후작이면서 황실을 수호하는 근위 전사단 단장이라면 이 세계에서는 손꼽히는 강자이며 권력자다.

하지만 그를 대하는 가온의 안색이나 태도는 너무 담담해서 지켜보는 일행이 더 놀랄 정도였다.

상대도 수정구를 통해서 가온의 신색을 보고 있었는지 눈에 이채로운 감정이 담겼다.

—자네가 우트님의 화신자라지?

"그렇습니다."

사실이니 대답에 거칠 것이 없었다.

-제의할 것이 있어서 단 상단주에게 부탁을 했네.

"말씀하십시오."

-혹시 던전에 대한 얘기를 들어 본 적이 있나?

"그렇습니다."

-그렇다면 얘기하기가 편하겠군. 북방의 대초원 지대에 마족 던전이라는 이름을 가진 초대형 던전이 있네.

"마족이 던전의 보스입니까?"

-그렇다네. 마족도 문제지만 마족이 부리는 언데드 때문에 공략이 무척 어려운 던전이지. 스켈레톤부터 시작해서 데스나이트까지 출현하지. 그런 언데드를 포함해서 세상에 나타나지 말아야 할 사악한 존재들이 무수하게 많은 던전이네.

"설마 우리에게 그 던전 공략을 부탁하려는 겁니까?"

가온은 기쁜 감정을 애써 숨기며 물었다. 안 그래도 이제는 던전을 찾아봐야 하는 게 아닐까 생각하던 시점이었다.

-허어. 눈치가 빠르군. 본국에서도 무려 여섯 번에 걸쳐 공략을 시도했지만, 모두 실패하고 막대한 피해만 입었지. 그래서 지금은 빠져나오는 마수와 몬스터만 처리를 하는 데 급급한 실정이네.

"그런 던전을 우리가 제대로 공략할 거라고 생각하신 겁니까?"

-공략을 할 수 있으면 좋겠지만 일정한 기간 동안 던전을 빠져나오는 놈들만 처리해 주면 되네. 마족 던전에서 가장 위험한 언데드는 부정

한 존재이니 우트 신의 화신자인 자네에게도 반드시 소멸시켜야 할 대상이 아닐까 싶네.

거기까지 대화가 진행되었을 때 묵묵히 지켜보고 있었던 아나샤가 가온의 뒤에서 그를 끌어안았다.

"온 랑, 우트님의 품에 안기지 않은 존재가 바로 마족과 언데드예요. 저희 생사의 신전 사제들은 마족과 언데드를 안식, 즉, 우트님의 품으로 인도할 의무가 있어요."

신전, 특히 생사의 신전의 입장이 그럴 줄은 어느 정도 예상하고 있었다.

─마족 던전을 관리하고 있던 전사단이 다시 돌아올 때까지 맡아 주는 조건으로 계약과 동시에 대금으로 100만 금 전액을 지급하고 본국 안에 있는 생사의 신전에 대한 적극적인 지원을 약속하지. 더불어 북방 대초원의 원주민이자 꽤 높은 전투력을 지닌 갈기족 전사들도 지원해 주겠네.

오르케스 후작은 짧은 대화임에도 불구하고 가온이 밀당을 할 대상이 아니라는 사실을 파악하고 황제가 말한 한계까지 불렀다.

"기간이 어느 정도입니까?"

─석 달 남짓이네.

공략을 하는 것도 아니고 잠시 관리를 하는 것이라면 가능했다. 어차피 지금 열풍이 부는 뤼나웜 사냥도 두세 달은 걸릴 것이고, 그때까지 마땅히 할 일도 없었는데 잘됐다는 생각도 들었다.

"음, 좋습니다. 언제까지 그쪽으로 이동하면 됩니까?"

ㅡ좌표를 알려 주겠네.

오르케스 후작이 불러 주는 좌표를 지도에서 확인한 야쿰 바가 손끝으로 해당 지역을 짚어 주었다.

야쿰바가 가진 지도는 꽤 고가의 물건이라 정확도가 상당히 높았는데, 오르케스 후작이 말한 장소는 이곳에서 북동쪽으로 대략 1,200킬로미터 떨어져 있었다.

ㅡ참고로 알려 주자면 마족 던전은 주기적으로 마기를 방출하네.

"마기를 방출한다고요?"

정말 놀랐다. 뤼나웜을 박멸하고 놈들이 그동안 방출한 마기만 제거하면 의뢰가 끝날 거라고 생각했었는데, 또 다른 마기의 원천이 거론된 것이다.

ㅡ그렇다네. 던전을 빠져나오는 놈들은 우리가 어느 정도 죽였지만, 그 마기로 인해서 현재 북방 초원에는 주로 울프 종류가 변이를 일으키고 있어 골치가 아프네.

갑자기 처음 상행에서 조우했던 변종 늑대가 떠올랐다.

'그래! 그때 누군가 북방의 초원에서 서식하는 놈들이 왜 산악 지대를 따라 남하했는지 이상하다고 생각했었어!'

이렇게 되면 얘기가 달라진다. 확실한 것은 직접 가서 확인을 해 봐야겠지만 뤼나웜뿐 아니라 마족 던전까지 공략해야만 했다.

예지몽으로
히든랭커

-보통 던전의 마수와 몬스터가 나오는 주기는 20일에 한 번이네. 마침 일주일 전에 닫혔으니 열사흘이 남았네. 온팀이 의뢰를 수락하면 바로 전사단이 자리를 이탈할 예정이네. 그렇기 때문에 무슨 일이 있어도 던전이 열리기 전까지는 도착해야 하네. 시간을 맞출 수 있겠나?

13일 안에 1,200킬로미터를 주파하란 얘기다. 그것도 평탄한 길이 아니라 산길을 통해서 말이다.

"가능합니다."

물론 어렵지 않다. 무리하면 반나절 만에 도착할 수도 있었다. 하지만 상대는 가온의 대답이 미덥지 않은 모양이다.

-정말 맞출 수 있겠나? 전사단이 이동한 후 그곳을 지키고 있을 갈기족 전사들 전력으로는 절대로 던전에서 나온 마수와 몬스터 들을 상대할 수 없네.

"일행 중 두 명이 달리아트족 전사입니다."

-오! 그렇군. 그럼 그 부분은 걱정하지 않겠네.

오르케스 후작에게도 믿음을 줄 정도로 산악 지대에서 달리아트족의 능력은 탁월했다. 근위 전사단도 산악 지대에서 임무를 수행할 때는 달리아트족 전사를 길잡이나 정찰 대원으로 활용할 정도였다.

-대금은 어떻게 수령할 생각인가?

"단 상단주에게 맡겨 주십시오."

-알겠네. 그럼 단 상단주가 본 건의 계약을 대리해도 되겠나?

가온은 대답 대신 한쪽 옆으로 빠져 있는 단을 쳐다보았다. 혹시 이 계약으로 인해서 그에게 손해가 갈까 봐 걱정이 된 것이다.

–제가 온팀을 대리해서 계약을 하겠습니다!

한쪽에 빠져 있던 단이 후작에게 걸어오면서 말했다.

–좋네! 그럼 온팀을 대신해서 단 상단주가, 황실을 대표해서 내가 계약을 하도록 하지. 약속은 꼭 지켜 주게.

"알겠습니다. 바로 출발하겠습니다."

그렇게 여러모로 중요한 계약이 이루어졌다.

얼마 후 다시 단 상단주와 연결이 되었다.

–온 님, 들어 보니 굉장히 위험한 일인 것 같은데, 정말 괜찮으시겠습니까?

"어려운 일이 되겠지만 전력을 다하면 가능한 일이오."

–후유! 온 님이 이렇게 자신하시니 불안한 마음이 싹 가시는군요.

"왜 그렇게 불안했소?"

–제3근위 전사단은 상급 혹은 대형 마수와 몬스터 사냥이 주된 임무로, 전원 실버급 이상이며 총원이 1천 명이 넘습니다. 온 님의 능력을 못 믿어서가 아니라 그런 전사단이 관리를 맡았던 일이니, 숫자부터 부족할 것 같아서요.

생각해 보니 수가 너무 적긴 했다. 플라위스들이 있다고

하지만 다섯 명으로 변수를 통제하는 일이 쉽지는 않을 것
같았다.

　-그래도 혹시 모르니 저희 상단과 장기 계약을 한 달리아트족 전사
일부를 그쪽으로 이동시킬까요? 사나흘 후에는 돌아올 겁니다.

　"그래도 되겠습니까?"

　-네. 그동안 소금 상행의 호위 임무를 훌륭하게 수행했는데, 온 님도
아시다시피 이제는 소금 상행이 워낙 많아져서 위험 요소가 많이 줄었
습니다. 게다가 경쟁이 심화되어 소금과 관련된 사업은 접고 있는 중이
었습니다.

　상행 호위를 위해 장기 계약을 한 달리아트족 전사들은 곧
일이 없어서 놀게 된다는 얘기였다.

　단 상단뿐 아니라 대형 상단들이 앞다투어 소금 생산과 유
통에 뛰어들었다는 말은 야쿰바에게 들어서 잘 알고 있었다.

　물론 가온은 단 상단주가 이미 마법사를 보유하고 있는 여
러 전사단을 고용해서 뤼나웜 사냥에 뛰어들었으며 숲과 산
악 지형에 특화된 달리아트족 전사들은 그 임무에 배제된다
는 사실은 모르고 있었다.

　"숫자가 얼마요?"

　-300명 정도입니다.

　가온이 직접 동행하면서 확인한 달리아트족 전사들의 평
균 실력은 실버 중급으로 무척 강했으니 충분히 도움이 될
것이다.

"그럼 그들을 해당 좌표로 보내 주시오. 얼마나 걸리겠소?"

-달리아트족 전사들이라면 일주일 정도라면 도착하지 않을까 싶습니다.

지도를 참고하면 현재 단 상단이 위치한 폰트 시티에서 좌표까지는 대략 600킬로미터 정도 떨어져 있는데, 일주일을 잡는다니 달리 엘프의 후예가 아니다.

-그리고 100만 금은 전사들 편에 보낼까요?

"아니오. 일단 상단주가 가지고 있으시오. 아! 단기 투자, 즉, 한 달 내에 회수할 수 있는 투자라면 사용해도 상관없소."

-저, 정말입니까?

아무리 단 상단이 대륙 10대 상단이 되었다고 해도 100만 금은 천문학적인 돈이다.

거기에 소금과 관련된 사업을 정리하고 미세마정석을 사용하는 아이템이나 뤼나웜 심장과 관련된 분야에 진출하려고 하는 단 상단의 입장에서는 초기 투자금으로 귀중한 가치를 가지고 있었다.

"계약을 대리한 것과 달리아트족 전사들을 파견해 주는 대가라고 생각하시오."

자신은 머지않은 미래에 이 세상을 떠날 테니 단 상단주가 꿀꺽 삼켜도 상관이 없다고 생각했다.

-……감사합니다. 제대로 잘 써서 이익금을 듬뿍 안겨 드리겠습니다.

단은 대상인답게 100만 금이라는 거액의 투자금을 마다하지 않았다. 뤼나웜 심장 때문에 가온에게 내놓은 40만 금이 너무 간절하게 필요했던 상황이었다.

그렇게 가온 일행의 새로운 여행이 시작되었다.

준비

사흘 후 가온 일행은 단 상단의 새로운 본거지가 된 폰트 시티로 향했다. 그냥 자기들끼리만 날아서 마족 던전까지 가려고 하다가 쉬기도 할 겸 달리아트족 전사들과 함께 움직이기로 마음을 바꾼 것이다.

늦게 출발한 터라 서둘러 날아온다고 날아왔는데 시티 주변에 도착하니 벌써 사위가 어두워지고 있었다.

인적이 드문 곳에서 착륙한 가온 일행은 서둘러 성문으로 향했는데, 다행하게도 성문은 열려 있었다.

소금 거래가 워낙 많다 보니 자연스럽게 늦게까지 오가는 상행이 많았고 피난 혹은 일자리를 찾아 주위에서 몰려온 난민들이 성 밖에 거주하기 때문에 통행이 많았다.

그렇다고 밤늦게까지 열어 놓는 것은 아니지만 요즘 유행하는 마법 등 때문에 꽤 오래 성문을 개방하고 있었다.

가온 일행은 별다른 검문을 받지 않고 성안으로 들어갈 수 있었다.

상행이 아닌 경우 나올 것이 없기에 성문 경비병들이 신경을 쓰지 않은 것이다.

"아직 의뢰한 자들이 있을지도 모르는데 이대로 단 상단으로 가실 거예요, 온 랑?"

야쿰바를 따라가던 아레오가 가온에게 묻는 순간 일행의 걸음이 멈추었다.

"그쪽과 직접 대면해서 좋을 건 없겠지?"

"온 랑이야 괜찮을지 몰라도 우리 네 명은 아무래도 불편하겠지요."

계급 사회에서 대를 이어 귀족 신분을 유지하는 자들은 아무리 인성이 좋다고 해도 뼛속까지 뿌리박힌 특권 의식을 가지고 있었다.

당연히 현재 지위와 상관없이 평민 출신들은 그런 자들의 오만한 태도와 내려다보는 시선에 주눅이 들거나 반발심이 들 수밖에 없었다.

가온도 제국의 후작이 부담스럽기는 마찬가지다.

"그럼 그런 자들이 찾지 않으면서도 조용한 곳으로 가지. 야쿰바, 혹시 아는 곳이 있나?"

"있습니다. 중소 규모의 상단들이 선호하는 곳입니다."

그럼 시설이나 음식이 기본은 될 테니 불편하지는 않을 것이다.

"그럼 그곳으로 갑시다. 일단 씻고 식사를 한 뒤 단 상단주를 따로 부르도록 하지."

"알겠습니다. 일단 숙소를 잡은 후 단 상단에 다녀오겠습니다."

"괜찮겠소?"

그렇게 되면 야쿰바는 씻는 것이나 식사가 늦게 된다.

"온 님에게 큰 은혜를 받은 제 입장에서 당연히 해야 하는 일입니다. 그런데 정말 먼저 가지 않고 저희 일족의 전사들과 함께 가시렵니까?"

야쿰바는 비행을 통해 편하고 빠르게 이동할 수 있음에도 굳이 자신 일족의 전사들과 동행하겠다는 가온의 생각을 이해하기가 힘들었다.

"온 랑이 따로 생각하는 것이 있겠지요."

"그렇긴 할 텐데, 알겠습니다. 저희 전사들에게는 영광입니다."

가온이 대답을 하기 전에 아나샤가 자신의 선에서 질문을 잘라 버렸다.

야쿰바가 소개한 여관은 규모는 작지만 주로 상단의 주요 인사가 묵을 수 있는 별채까지 갖추고 있었다.

가온은 야쿰바 남매를 위해 별채 하나를 더 잡도록 했다. 별채는 방이 두 개밖에 안 되었다.

다들 오랜만에 따듯한 물로 빠르게 목욕을 하고 식당에 모였다.

저녁 식사를 하기에는 늦은 시간이었지만 마법 등 덕분인지 식당 안에는 꽤 많은 손님이 남아서 주로 술을 마시고 있었다.

가온 일행은 그동안 즐기지 못했던 대중적인 음식들을 시켰는데 요리사가 손이 빠른지 곧바로 나오기 시작했다.

"저 마법 등으로 인해서 앞으로 사람들의 생활이 많이 바뀔 것 같네요."

자신의 얼굴 크기의 빵 하나를 버섯야채스튜에 찍어 먹은 아나샤가 손수건으로 입술을 닦으며 비슷하게 식사를 끝낸 가온에게 말했다. 성문 앞에도 걸려 있던 마법 등은 식당의 네 귀퉁이 벽에 달려 있었는데 상당히 밝아서 실내를 환히 비추고 있었다.

"일단 시간을 길게 활용할 수가 있어서 많은 부분에 도움이 될 테지만, 미세마정석을 사용하는 새로운 아이템이 하루가 멀다 하고 나오고 있다는데, 뤼나웜이 박멸되고 나면 세상이 어떻게 될지 모르겠네."

"기존의 마정석을 활용한 물품들까지 나오겠지요. 사실

그런 연구도 오랫동안 진행되었고, 많은 아이템이 개발되었지만, 그동안에는 비용 문제로 대중화가 되지 않았거든요."

"그럼 귀족가나 왕궁과 같은 곳에서는 이전부터 마법 등과 같은 물건을 사용하고 있었던 거예요, 언니?"

아레오의 대답에 차링이 깜짝 놀란 얼굴로 물었다.

"당연하지. 그런 곳은 마정석이 썩어 나가잖아."

"아!"

가온도 처음 알았다.

'이 세상에는 마법 등과 같은 매직 아이템 자체가 없다고 생각했는데.'

의뢰를 수행할 때 매직 아이템을 사용하지 않으면 추가 보상이 있다는 내용에 너무 신경을 쓴 모양이다.

'아니지. 만약 그런 내용이 없었으면 내가 가지고 있는 것들부터 시작해서 그 많던 포인트로 갓상점에서 다양한 아이템을 구입해서 최대한 빨리 의뢰를 완수하려고 했겠지.'

아무튼 크기가 작으면서도 마나 보유량은 많고 쉽게 순화시킬 수 있는 미세마정석은, 고여 있던 이 세상의 문명을 한 단계 업그레이드하는 데 큰 역할을 하고 있었다.

석유를 사용하던 지구인들이 석유가 귀해지자 비슷한 천연가스로 대체한 것처럼 미세마정석이 동나면 틀림없이 또 다른 대체 에너지를 개발할 것이라고 확신했다.

그렇게 이런저런 대화를 하면서 식사를 마친 일행은 단 상단으로 향하는 야쿰바를 제외하고는 별채로 향했다.

아쉽게도 단 상단주가 자리에 없어 야쿰바는 바로 돌아왔다.

"가장 가까운 경계로 떠났다고 합니다."

"미세마정석과 뤼나웜의 심장을 구하러 간 거군."

"그럴 겁니다."

"경쟁이 치열하겠어."

"그래도 단 상단은 온 님 덕분에 가장 먼저 뤼나웜의 가치를 알아보고 사냥 팀을 여러 개 만들어서 경계로 보냈기 때문에 경쟁자들보다는 여유가 있을 겁니다. 아무튼 소금 생산과 유통에 대한 권리를 다른 대형 상단에 모두 넘겼다고 했습니다."

그런 것을 보면 단은 시류를 읽는 눈도 좋지만, 실행력이 정말 대단한 사람이다. 서두르면 제값을 받기 힘들다는 사실을 잘 알면서도 과감하게 정리를 해 버리고 새로운 시장에 진출한 것이다.

"그건 그렇고 달리아트족 전사들은 어떻게 됐나?"

"어젯밤에 귀환해서 내일까지 푹 쉬고 모레 출발할 예정이었다고 합니다. 저희와 합류하라는 지시는 이미 받았는데 전사 대부분은 내일이라도 당장 출발하자고 합니다."

"아니, 그동안 소금 상행을 호위하느라 고생을 했으면서 더 쉴 생각을 하지 않고요?"

아레오가 이해가 가지 않는다는 얼굴로 물었다. 보통 이런 경우에는 더 쉬려고 하지 더 일찍 움직이려고 하는 전사는 없었다.

"저희 일족의 전사들은 인간 전사들과는 좀, 아니 많이 다릅니다. 술은 몰라도 여자나 쇼핑을 즐기지 않습니다. 술도 조용히 대화를 하면서 마시는 편이고요."

"저희 일족은 태생적으로 쉽게 흥분하거나 들뜨지 않아요. 즐기는 거라곤 자연, 사냥, 동식물과의 교감, 술, 가족, 친구, 대화, 그리고 맛있는 음식 정도가 다거든요."

야쿰바의 대답에도 아레오나 아나샤가 이해를 못 하는 것 같았는지 차링이 거들었다.

"일족과 함께라면 즐길 것이 많지만, 이곳에서는 즐길 것이 음식밖에 없어요."

"친구와 대화가 더 있지 않나?"

"저희는 일을 할 때는 개인적인 시간을 가지지 않아요. 그리고 당연히 개인적인 대화도 최대한 자제하고요. 그래야 의뢰에 최선을 다할 수 있고 가족과 일족을 제대로 건사할 수 있으니까요."

차링의 대답에 가온은 물론 아레오나 아나샤도 내심 감탄했다. 왜 달리이트족 전사들이 상인들에게 신뢰를 받고 있는지 알 수 있었다.

'이런 친구들은 좀 더 도와줘도 되겠네.'

가온은 달리아트족에게 조금 더 마음을 열기로 했다.

"아무튼 내일은 할 일이 있으니 출발은 예정대로 모레 하는 것으로 하지. 전사라면 잘 알겠지만 잘 쉬는 것도 실력의 일부야."

"네, 온 님. 저도 그렇게 생각합니다. 긴장을 적당히 관리해야 자신의 능력을 다 끌어낼 수 있지요."

역시 달리아트족 전사들을 대표하는 야쿰바다운 대답이었다.

"그런 의미에서 두 사람은 오랜만에 일족과 함께 어울려. 와인 두 통을 줄 테니까."

"와, 와인을요?"

현재 와인은 돈이 있어도 구입할 수가 없을 정도로 귀했다. 그건 그 어떤 직업군보다 술을 즐기는 전사들이 가장 잘 알고 있었다.

"식사를 안 했다면 식사를 하면서 맥주를 마시는 편이 좋겠지만, 식사는 했을 테니 치즈와 와인이 더 어울릴 거야."

"감사합니다!"

입이 귀에 걸린 야쿰바와 차링의 얼굴은 그 어느 때보다 행복해 보였다.

"그런데 내일은 할 일이 있어."

"뭡니까?"

"이런 물건을 공방에 주문하고 싶어."

가온은 시간이 날 때 그려 두었던 그림이 새겨진 얇은 가죽을 꺼냈다.

"재질은 질긴 가죽으로 만들어야 해. 돌출된 부분이 쉽게 찢기지 않도록 바느질을 제대로 해야 하고."

네 사람은 가온이 내놓은 가죽의 그림을 구경했는데 방어구의 일종으로 보이기는 했지만, 등 부분이 마치 공처럼 유난히 돌출되어 나온 것 때문에 용도를 짐작하기 힘든지 다들 고개를 갸웃했다.

"숫자는 300벌, 아니 충분하게 500벌 정도로 주문해."

"출발하기 전에 준비해야 하는 건가요?"

숫자를 언급하자 아레오가 뭔가 알 듯 말 듯 한 얼굴로 묻자 가온이 고개를 끄덕였다.

"구조가 단순해서 오래 걸리는 작업은 아니지만, 하루 만에 완성할 수 있을지 모르겠네요. 차라리 지금까지 연 가죽 공방이 있으면 맡기는 것이 좋겠네요. 온 랑, 이거 그거죠?"

아레오의 뜬금없는 물음에 가온은 미소를 지었고 세 사람은 영문을 알 수 없이 눈만 끔뻑거렸다.

"아! 설, 설마 플라위스들을 이용할 생각인 거예요?"

갑자기 아나샤가 눈을 빛내며 물었다.

"맞아."

"맙소사!"

아나샤의 말에 세 사람은 가온이 어떤 생각을 하는지 눈치를 챘다.

"그럼 플라위스들이 발톱으로 방어구의 등 부분에 튀어나온 이 부분을 꽉 붙잡고 날아가는 건가요?"

아레오가 머릿속으로 그림을 그리며 물었다.

"그것도 맞아."

"그럼 이 가죽끈의 용도는 뭔가요?"

그림에는 긴 가죽끈도 있었다.

"비행 중에 발생할 수 있는 혹시 모를 상황에 대비해서 플라위스의 발목과 사람의 허리띠를 연결할 끈이야."

"아!"

일행이 일제히 탄성을 터트렸는데 특히 야쿰바의 눈이 아주 강하게 빛났다.

'이렇게 되면 하루 안에 목적지에 도착할 수 있어!'

아무리 엘프의 후예로 자처하는 달리아트족 전사라고 하더라도 북방의 초원 지대로 이어지는 고산 지대는 제대로 된 길이 없기 때문에 가는 여정은 힘겨울 수밖에 없었다.

밤낮으로 목숨을 노리는 마수와 몬스터부터 시작해서 밤이면 입김이 나올 정도로 심한 일교차, 그리고 조금만 방심하면 추락해서 죽기 쉬운 험준한 산길까지 전사들을 괴롭힐 것이다.

하지만 가온이 제시한 기상천외한 방법을 사용하면 최소

한 일주일 이상 걸려야 할 일정을 하루 안으로 단축할 수 있을 뿐 아니라 위험 요소도 거의 없었다.

'그래도 처음 하늘을 나는 전사들은 공포와 싸워야겠지만 곧 비행의 진정한 재미에 푹 빠지겠지.'

세상을 떠돌며 모험을 하는 것이 좋아서 많은 곳을 돌아다니며 많은 사람을 만나 본 야쿰바지만, 온과 같은 사람은 맹세코 보거나 들은 적이 없었다.

실력도 실력이지만 사고방식이 이성적이면서도 굉장히 혁신적이어서 동행하는 것만으로도 많은 것을 배울 수 있는 그런 존재였다.

그래도 아쉬운 건 있었다.

'우리 차링이 온 님의 마음을 얻었으면 우리 일족에게 큰 도움이 되련만.'

차링도 마음은 있는 것 같은데 자신과는 비교도 할 수 없을 정도로 뛰어난 능력에 미모까지 갖춘 두 여인이 단단히 버티고 있어 실망한 눈치다.

무엇보다 가온이 차링을 전혀 여자로 보지 않고 있었다.

모습을 드러내기 전까지는 전혀 세상에 알려지지 않았던 초강자는 그저 세상을 멸망의 길로 이끌고 있는 뤼나웜의 박멸을 목표로 매진하고 있을 뿐이다.

'아무튼 초원의 거대 던전을 공략하는 데 우리를 끼워 주는 것만으로도 우리 일족에게는 큰 기회야!'

갓상점의 존재를 알게 된 야쿰바는 이번 기회를 통해서 일
족의 안전은 물론이고 발전과 번영의 초석이 될 거라고 확신
했다.

갈기족의 위기

다양한 색이 들어간 문신과 맹수의 발톱에 깊게 파인 흉터로 인해서 일반인은 보기만 해도 주눅이 들 정도로 험상궂은 얼굴의 주인이 한숨을 쉬며 게이트 쪽을 노려보았다.

갈기족 중 '붉은 석양' 일족이 경계를 맡은 오늘 오전부터 던전의 게이트 상태가 불안정해지기 시작했다. 오랫동안 이곳의 동태를 지켜봐 왔던 갈기족 전사들은 불안정한 게이트 상태가 어떤 결과를 야기할지 어느 정도 짐작하고 있었다.

'정말 강력한 마수나 몬스터가 나오려는 건가?'

던전을 빠져나오고 싶어 하는 마수나 몬스터가 게이트가 주기적으로 열리는 것을 기다리지 못하고 게이트를 두드리는 것이다.

그런 놈들 중에 게이트의 막을 강제로 찢어 버릴 수 있는 마수나 몬스터가 있다면 놈들은 주기를 무시하고 나오게 된다.

"도대체 제국 놈들은 책임감이 없어! 이계의 문이 열리면 우리보고 어떻게 하라고 자리를 비운단 말이야? 아고칭, 제국 놈들이 우리를 버린 겁니다!"

"그들도 어쩔 수 없었을 겁니다, 아고칭. 대륙 남쪽의 지옥에서 탄생해서 남부를 초토화시킨 뤼나윔이 그런 보물이라니 그들도 위험밖에 없는 이곳을 떠나 뤼나윔을 사냥하려고 하는 것은 당연합니다. 그들이 대체자들이 도착한다고 했던 열흘 중 사흘이 지났으니 이제 이레만 기다리면 됩니다."

갈기족 전사들도 눈과 귀가 있어 뤼나윔의 심장이 회춘의 묘약일 뿐 아니라 마나의 양을 증가시키는 효과를 가지고 있다는 사실을 알고 있었다.

"하지만 그들을 대체한다는 전사들이 도착하기 전에 새로운 마물이 나올 가능성이 아주 높습니다. 그들도 이런 사실을 뻔히 알면서 우리 일족에게 저 지옥문을 맡긴다는 건 우리가 죽어도 상관하지 않겠다는 뜻입니다."

"저도 같은 생각입니다, 아고칭. 제국 놈들을 믿을 수 없다는 건 여러 차례 경험해 보지 않았습니까. 우리도 철수해야 합니다. 지옥문에서 뭐가 나오든 무슨 상관입니까?"

"맞습니다. 당장 칭들을 보내 우리 갈기부족 모두를 초원을 벗어나게 해야 합니다."

'아고칭'이라고 불리는 험상궂은 얼굴의 주인과 함께 원을 그리며 앉아 있는 자들은 모두 얼굴에 형형색색의 문신을 새기고 있었는데, 머리 한가운데부터 목덜미까지 이어지는 곳에는 길게 자란 다양한 색의 털이 나 있었다.

그들 일족은 정수리부터 등을 지나 허리까지 이어지는 긴 털, 즉 갈기가 나 있어서 제국에서는 메인족이라고 부르고 자신들은 갈기족이라고 불렀는데, 늑대와 그리핀 등 위험한 맹수와 마수 들의 영역이기도 한 초원에서 양과 염소 그리고 말을 기르며 살아와서 북방 초원의 진정한 주인이라고 자부해 왔다.

"그래도 지옥문이 나타난 이후 우리 갈기족을 살 수 있도록 해 준 것은 제국입니다. 비록 전통과 사고방식이 달라 저들의 행사가 우리의 마음에 들지 않는다고 해도 약속은 지켜져야만 합니다."

"약속을 저버린 것은 우리가 아니라 제국 놈들입니다. 놈들의 말대로 대체 전사들이 온다고 해도 기껏해야 300명 남짓입니다. 던전에서 대규모로 마수와 몬스터가 나오는 주기는 20일이지만, 아주 가끔은 주기와 상관없이 나오기도 합니다. 만약 그런 일이 벌어지면 우리는 끝장입니다. 평소에도 우리 갈기족 칭 700까지 합해서 1,700의 전력으로도 매번 수십 명의 피해가 발생했는데, 그 정도로는 절대로 지옥문에서 나오는 놈들을 잡아 죽일 수가 없습니다."

험상궂은 얼굴의 주인인 옹고트는 양편으로 갈려 언쟁을 벌이는 전사장들인 동칭들의 언쟁을 지켜보기만 했다. 그 역시 결정을 내리기가 힘들었다.

'라공의 말도 맞고 보고타의 말도 맞다!'

주기가 차지도 않은 상황에서 마수나 몬스터가 게이트를 강제로 열고 나온다면 갈기족 전사 700은 전멸할 수밖에 없었다. 마음 같아서는 당장이라도 갈기족의 터전인 하고롱으로 철수하고 싶었다.

하지만 제국 측으로부터 일족 30만 명이 먹고 생활할 수 있는 생필품을 제공받는 대신 던전 밖으로 나오는 마수와 몬스터를 처리하는 계약을 했기 때문에 함부로 물러날 수도 없었다.

옹고트는 아고칭으로 불리는 갈기족 대전사장으로 살아남은 갈기족 전사 700여 명을 이끌고 제국 전사들과 함께 던전을 처리하는 임무를 맡고 있다.

북방 초원에서 따로 독립생활을 해 온 100여 개 부족의 갈기족은 던전이 출현하고 그곳에서 흘러나온 마기로 인해 늑대종 대부분이 변종이 되면서 엄청난 피해를 입었다.

결국 갈기족의 모든 부족은 생존을 위해 모여서 대회합을 열었고, 갈기족이라는 이름으로 뭉치기로 했으며 거대한 호수를 둘러싼 숲인 하고롱 주변에 자리를 잡았다.

오랜 독립생활로 다른 문화와 전통을 유지해 왔지만 같은 갈기를 가졌다는 공통분모가 있었고 생존을 위해 뭉쳐야 한다는 절박한 상황이 있었기에 갈기족은 대통합을 이룬 것이다.

그 직후 제국 측이 던전을 공략하겠다며 갈기족의 전사 파견을 요구했고, '붉은 석양' 일족의 아고칭, 대전사장이 된지 채 1년도 되지 않은 옹고트는 다른 아홉 개의 대부족 아고칭들과 제국 측에 합류했다.

아고칭 10명과 2천여 명의 동칭, 그리고 칭은 그때부터 2년이 지난 지금까지 던전에서 나오는 마수와 몬스터 들을 상대하는 임무를 수행해 왔고, 지금은 아고칭은 자신만 남았고, 전사들도 처음의 3분의 1에 불과한 700여 명만 살아남았다.

'대체 어떻게 해야 할까?'

만약 던전의 게이트가 일찍 열리는 예외의 경우가 생긴다면 자신들은 죽을 수밖에 없다. 그만큼 강력한 마수나 몬스터가 강제로 게이트를 열고 나오기 때문이다.

제국 측에 그런 경우에 대해서 말을 했지만 그들이 던전을 공략하는 동안에는 그런 예외적인 경우가 없었기에 전혀 믿는 눈치가 아니었다. 그러니 자신들만 놔두고 근위 전사들이라는 자들이 뤼나웜을 사냥하기 위해서 남쪽으로 이동한 것이다.

만약 자신들이 전멸한다면 어떻게 될까?

'제국 측에서는 우리 갈기족에게 다시 추가 전력을 요구하겠지.'

어릴 때부터 말이나 초원 늑대를 타고 사냥을 즐기는 갈기족에는 전사가 수도 없이 많지만, 제대로 훈련을 받고 마나를 사용할 수 있는 전사는 그리 많지 않다.

원래는 제국 측의 요구에 파견된 동칭들이 주축이 되어 칭들을 가르쳐야 했지만, 이곳에서 1,300명 정도가 임무를 수행하다가 죽었다.

그사이에 칭들은 동칭으로 성장했고 동칭들은 아고칭에 근접한 실력을 갖추었지만 수가 확 줄어 버렸다.

지금 이 시간에도 전대 아고칭이나 동칭 들이 어린 전사들을 열심히 가르치고 있겠지만, 자신들을 대체하려면 멀었다.

행여 전대의 전사들이 마수와 몬스터를 상대하다가 큰 피해를 입기라도 하면, 배운 것이 별로 없고 실전 경험도 많지 않은 어린 전사들은 얼마 버티지 못하고 초원에서 스러지고 말 것이다.

아니, 그 전에 하고롱에 모여 있는 갈기족이 먼저 횡액을 당할 가능성이 높았다.

이 춥고 거대한 초원 지대에서 마수나 몬스터가 욕심을 낼 인간과 가축이 있는 곳은 이제 그곳밖에 없으니 말이다.

그렇다고 지옥문이라 부르는 이계의 문을 지키는 임무를

방기할 수도 없었다.

초원에서는 구하기 힘든 곡물과 무기류는 전적으로 제국 측에 의존하기 때문에 약속을 저버리면 그 이후 어떤 상황이 벌어질지는 불문가지다.

'와이번이나 그리핀 그리고 거대 몬스터만 나오지 않으면 어떻게든 버틸 수 있을 것 같은데.'

갈기족은 초원 늑대를 길들여 타고 다니기 때문에 기동력 만큼은 아주 뛰어나다. 그래서 오크나 울프 종류의 마수는 그나마 큰 어려움 없이 상대할 수 있지만, 툭 터진 초원 지형에서 와이번이나 그리핀과 같은 비행 마수와는 상성이 나빴다.

거기에 가끔 검은 뿔을 가진 트롤이나 오우거가 나오기라도 하면 제국의 전사들과 힘을 합쳐 싸워도 피해가 이만저만이 아니다.

던전에서 나오는 놈들은 이곳의 트롤이나 오우거와는 비교할 수도 없이 강력했기 때문이다.

'젠장!'

일주일에서 열흘 정도만 버티면 어쨌든 제국의 전사들을 대체할 수 있는 전사들이 도착할 텐데, 지금 이계의 문은 금방 열릴 것처럼 불안정했다.

일족의 안위 때문에 물러설 수도 없고 그렇다고 겨우 700 정도의 전력으로 보통 수천 마리가 나오는 마수와 몬스터를 상대하는 건 불가능했다. 옹고트도 결정을 내리지 못하는 상황이었다.

그때였다.

"나온다!"

"제기랄!"

지옥문을 지켜보던 전사들의 당혹스러운 소리가 여기저기에서 터져 나왔다.

파동으로 이루어진 이계의 문이 거세게 흔들리고 있었다.

송아지 크기의 초원 늑대를 타고 있는 갈기족 전사들은 긴장한 얼굴로 백 보는 넘게 떨어져 있는 이계의 문을 바라보다가 가장 먼저 빠져나오는 괴물을 보고 얼굴을 일그러뜨렸다.

"골드그리핀!"

두 발로 껑충거리며 이계의 문을 빠져나온 황금빛 날개를 가진 골드그리핀이 새로운 세상을 신기한 눈으로 둘러보고 있었다.

옹고트는 이제 무슨 일이 벌어질지 예상할 수 있었다.

'우리를 공격하겠지.'

던전을 빠져나오는 마수나 몬스터는 백이면 백, 배가 고픈 상태다. 그래서 그런 놈들은 눈에 보이는 먹잇감을 가만히 놔두지 않고 특히 인간은 놈들이 아주 좋아하는 먹이다.

무엇보다 골드그리핀과 같은 비행 마수와 자신들은 상성

이 너무 좋지 않았다. 제대로 싸우기도 힘들었다.

"흩어져!"

더 확인할 필요는 없었다. 비행 마수인 그리핀, 그것도 이 세상의 그리핀보다 몸집이 절반은 더 큰 골드그리핀은 날개뿐만 아니라, 검기로도 쉽게 베거나 부러뜨릴 수 없는 부리와 발톱을 가지고 있어서 갈기족 전사들이 상대할 수 없는 존재였다.

유일하게 살아남은 아고칭의 명령이 떨어지자 갈기족 전사들은 어릴 때부터 형제처럼 지내 온 초원 늑대의 옆구리를 허벅지로 강하게 조였다.

늑대들 역시 골드그리핀을 확인했을 때부터 꼬리를 말고 겁에 질려 있던 상황이라 사방으로 빠르게 흩어져 달아나기 시작했다.

순식간에 수백 보 거리까지 도망친 옹고트가 뒤를 돌아보았다.

'벌써!'

그 짧은 시간에 이계의 문을 빠져나온 골드그리핀은 벌써 100여 마리에 육박했고 먼저 나온 놈들은 이미 하늘로 날아오른 상태였다.

'제발!'

옹고트는 이계의 문을 빠져나온 마수가 골드그리핀 100여 마리가 전부이길 간절하게 빌었지만 이내 눈빛이 죽어 버렸다.

머리에 검은 뿔이 나 있는 혼울프들이 줄줄이 나오고 있었다.

"빌어먹을!"

최상위 비행 마수인 골드그리핀만이라면 뿔뿔이 흩어져서 자신들에게 익숙한 지형을 이용하면 그래도 100명 이상은 살아남을 가능성이 있지만, 혼울프까지 가세하면 자신들의 운명은 정해진 것이나 다름이 없었다.

혼울프는 자신들의 형제나 다름없는 초원 늑대와 달리 마정석을 가지고 있으며, 본능적으로 마나를 사용하기 때문에 놈들의 목표가 되면 겨우 700여 명의 전사로는 도망을 칠 수가 없었다.

제국 기준으로 골드 상급에 해당하는 자신도 기껏해야 이삼십 마리를 죽이고 나면 힘이 소진될 것이다.

얼굴을 딱딱하게 굳힌 옹고트는 목에 걸고 있던 뿔피리를 짧게 다섯 번 길게 한 번을 불었다.

그러자 사방으로 흩어져 도망을 치던 갈기족 전사들이 그가 달려가는 방향으로 모이기 시작했다.

'기껏해야 1시간 정도 버티는 것이 다이겠지만 그래도 그냥 죽어 줄 수는 없지.'

혹시나 이런 일이 생길까 봐 미리 찾아 둔 장소가 있었다. 그곳이라면 1시간 정도는 버티면서 골드그리핀과 혼울프를 어느 정도까지 죽일 수 있었다.

하지만 마지막으로 이계의 문이 있는 쪽을 확인한 옹고트의 눈은 절망의 빛으로 가득했다.

계속해서 빠져나와 자신들을 쫓기 시작한 혼울프의 숫자는 무려 2천여 마리에 달했다.

골드그리핀이 혼울프를 사냥한다면 좋겠지만 자신들을 발견하고 날아오는 놈들은 그럴 생각이 없었다.

'하긴.'

혼울프의 공격성이 얼마나 강한지 자신도 몇 번 경험해 봤다. 골드그리핀이 놈들을 사냥하려고 지상으로 내려오는 순간 적어도 열댓 마리는 하늘을 향해 도약할 것이다. 저 무시무시한 부리나 발톱에 찍히면 죽는다는 사실을 뻔히 알면서도 말이다.

그리고 골드그리핀이 아무리 최상위 비행 마수라고 해도 날개가 물어뜯기거나 깃털이 빠져 비행하는 데 문제가 생기면 혼울프의 먹이로 전락할 수밖에 없다.

들소에 버금가는 몸집에 송곳니와 발톱에 마나를 담은 혼울프가 한꺼번에 수십, 수백 마리가 달려들 테니 말이다.

한마디로 혼울프는 개체로는 몰라도 무리를 이루면 오우거도 사냥하기를 꺼려 하는 지독한 마종이었다.

던전 안에서도 그런 순간이 없지 않았을 테고 자신들이 있으니 골드그리핀이 굳이 그런 위험을 감수하고 혼울프를 사냥하지는 않을 것이다.

아무튼 지금은 도망치는 것이 최선이다.

이계의 문과 2천 보 정도 떨어진 곳에 초원에는 어울리지 않는 묘한 지형이 있었다.

마치 옆으로 눕힌 항아리처럼 생긴 곳인데 안쪽으로 1천 보 정도 들어가면 동굴이 벌집처럼 나 있는 무른 재질의 수직 암벽이 있었고 입구에 해당하는 곳에는 스무 보 높이의 언덕이 있었다.

갈기족 전사를 태운 초원 늑대들은 단숨에 언덕을 넘어서 안쪽으로 달려갔고 다행히 놈들에게 잡히지 않고 무사히 암벽에 도착했다.

'후유!'

옹고트가 안도의 숨을 길게 내쉬었다.

그래도 다행이다. 혼울프들이 뒤쫓았지만 갈기족 전사 713명과 초원 늑대들은 무사히 오래전부터 봐 두고 틈틈이 작업을 해 둔 절벽의 동굴 속으로 피할 수 있었다. 물론 초원 늑대들도 동굴 안으로 피신할 것이다.

높이 40여 미터 정도에 거의 수직인 암벽 곳곳에는 크고 작은 동굴들이 뚫려 있었는데 대부분이 갈기족 전사들이 시간이 날 때마다 작업을 해서 만든 것으로, 작은 것도 20명 정도는 들어갈 수 있는 공간을 가지고 있었다.

동굴 중 높은 것은 지상에서 대략 15미터 지점에 있었고 가장 낮은 동굴도 7미터 높이에 있어서, 위로 올라가는 줄사다리만 치우면 골드그리핀은 몰라도 혼올프의 접근은 충분히 피할 수 있었다.

하지만 그렇다고 마음을 놓는 전사들은 없었다. 간발의 차이로 절벽 밑에 도착한 혼올프들의 으르렁거리는 소리와 울음소리에는 굶주림 끝에서 나오는 강렬한 투기와 살기가 포함되어 있어서 절로 긴장하게 만들었기 때문이다.

그래도 옹고트는 혼올프 무리가 아니라 하늘에서 시선을 떼지 못하고 있었다. 혼올프야 워낙 숫자가 많으니 배가 고파지면 다른 곳으로 갈 것이다.

'문제는 골드그리핀인데…….'

골드그리핀의 부리와 발톱은 검기에 버금가는 위력을 가지고 있어서 마음만 먹으면 무른 재질의 암석인 동굴의 입구를 부수어 넓히는 것은 물론 암벽 전체를 다 부술 수 있었다.

지금은 골드그리핀들이 주위를 비행하면서 먹잇감을 찾겠지만, 가까운 곳에는 놈들의 배를 채울 수 있는 먹이가 없기 때문에 결국 이곳으로 향하게 될 것이다.

'창이라도 충분히 준비했어야 했는데…….'

활과 화살로는 골드그리핀에게 유효한 타격을 주기가 힘들었다. 골드그리핀은 생체 보호막까지 강력해서 마나를 최대로 주입해야만 검이나 화살로 통증을 유발할 수 있는 상처를 만들 수 있었다.

'난감하네.'

난감한 정도가 아니라 맞서 싸울 의지까지 사라져 간다. 혼울프도 그렇지만 이제까지는 나와 봐야 기껏 대여섯 마리에 불과했던 골드그리핀이 100마리가 넘으니 제국 전사들이 있었어도 전멸에 가까운 피해를 입을 수밖에 없었을 것이다.

평소에는 자신들을 마치 노예처럼 취급하던 제국 전사들이 이때만은 정말 간절하게 그리웠다.

'누군가 우리를 구해 준다면 1년, 아니 10년은 노예로 살라고 해도 받아들일 텐데.'

비록 화합도 잘 안 되고 매번 싸우기 일쑤지만 자신들은 갈기족의 정예다.

갈기족에 속한 모든 부족의 젊은 층에서 가장 강한 전사들만 선발했고, 지금까지 던전에서 나오는 마수와 몬스터를 상대하면서 더욱 강해졌다.

그런 자신들이 사라지면 갈기족의 미래는 거센 바람 앞에 촛불이나 다름없다. 비록 선대의 전사장과 전사들이 있지만 그들은 금방 노쇠해질 것이고 다음 대는 아직 제대로 키우지 못한 상태다.

이번에 나온 혼울프 2천여 마리만으로도 엄청난 피해를 입을 것이고 골드그리핀까지 가세하면 안 그래도 반목하기 일쑤인 갈기족은 뿔뿔이 흩어져 명맥을 유지하기도 힘들 정도로 쇠락하고 말 것이다.

그때였다.

"아아악!"

까앙!

"이 새 새끼가! 크윽!"

한 곳을 시작으로 이곳저곳에서 비명과 욕설이 들려왔다.

걱정했던 대로 골드그리핀들이 자신을 잡아먹기 위해서 강철보다 더 단단하고 날카로운 부리를 이용해서 동굴 입구를 넓히기 시작한 것이다.

"동굴 바닥을 파!"

더 이상 피할 수 없는 상황에 몰린 전사들과 늑대들이 최선을 다해서 발악을 하겠지만 오러블레이드가 아니면 부술수 없는 거대하고 날카로운 부리에는 어쩔 수가 없었다.

그렇다고 자신이 움직일 수도 없었다. 도망을 치기 위해서 새로운 동굴을 팠지만 대신 자신의 운신에도 제약이 걸린 것이다.

급하게 파느라고 동굴은 겨우 몸만 들어갈 수 있는 폭에 불과했다.

지금 할 수 있는 방법은 동굴의 바닥이나 옆면을 파고 들어가는 수밖에 없었다.

'제발!'

옹고트는 평소에는 거의 믿지 않았지만 이때만은 초원의

갈기족이 대를 이어 모셔 온 천신 '올라하'가 아주 오래전에 내린 신탁처럼 천인(天人)인 억터르텐이 등장해서 골드그리핀과 혼울프를 끝장내 주었으면 좋겠다는 간절한 염원을 품었다.

"어? 소리가 안 들려!"

누군가의 말에 정신을 차린 옹고트는 정말로 더 이상 비명은 물론이고 골드그리핀이 암벽을 부수는 소리조차 들리지 않는다는 사실을 깨달았다.

화악.

동굴의 바닥을 파고 들어간 상태에서 골드그리핀이 부리로 빠르게 쪼는 바람에 막혀서 어두웠던 입구가 갑자기 환해졌다.

'사라졌다!'

옹고트는 마나를 사용해서 감각을 높인 결과 동굴에서 더 이상 골드그리핀의 기척이 느껴지지 않는다는 사실을 깨닫고 서둘러 위로 올라갔다.

동굴 입구는 완전히 엉망이었다. 골드그리핀이 들어오려고 부리로 쪼아서 부수었기 때문에 처음보다 세 배는 더 넓어진 상태였는데, 부서진 돌덩어리들이 이곳저곳에 널려 있었다.

끄라라랏!

우우우우!

갑자기 생전 처음 듣는 기괴한 비명과 함께 혼울프들이 공포에 질려 울부짖는 소리가 밖에서 들렸다.

황급히 엄청나게 넓어진 동굴의 입구로 달려간 옹고트의 몸이 돌이 된 것처럼 굳었다.

'프, 플라위스? 아니, 그보다 훨씬 더 큰데.'

험준한 산맥 깊숙한 곳에 서식하는 플라위스들이 하늘을 가득 채운 상태로 골드그리핀을 향해 화염 브레스를 쏘아 대고 있었다.

골드그리핀들은 마치 독수리 앞의 참새가 된 것처럼 기겁을 하며 달아나려고 했지만, 이곳저곳에서 날아오는 브레스를 모두 피할 수는 없었다.

어느 놈은 화염에 휩싸여 날개가 활활 타는 상태로 바닥으로 추락하고 있었다.

'왜?'

이 세상에서 가장 위험한 비행 마수는 세 종이다. 그리핀, 와이번, 그리고 플라위스였다.

그중에서 와이번은 초원을 기반으로 살아가는 자신들에게는 거의 횡액이나 다름없는 존재였고, 다른 두 종은 그래도 서식지가 험준한 산악 지대라서 보는 것도 쉽지 않지만, 플라위스는 와이번보다 한 단계 위로 평가한다.

플라위스는 외형이나 공력력은 와이번과 비슷한 데 더해서 브레스를 사용하기 때문이다.

하지만 그렇다고 해서 비행 마수들이 서로를 공격하는 경우는 별로 없다. 서로를 사냥감으로 여기지 않기 때문이다.

서식지는 물론 사냥 영역이 다르기도 하지만 싸우면 상대를 일방적으로 압도할 수 없기에 상처를 입을 수밖에 없는데, 그런 상태에서 행여 적을 만나면 위험했기 때문이다.

그래서 가끔 조우를 하더라도 잠깐 신경전을 벌일 뿐 양쪽 다 해당 장소를 떠나는 것으로 해결을 한다.

그런데 지금은 상황이 달랐다. 옹고트가 알고 있었던 것보다 훨씬 더 거대한 플라위스들이 거리를 벌린 상태에서 골드그리핀에게 화염 브레스를 날려서 상대를 압도하는 상태로 사냥하고 있는 것이다.

'골드그리핀들이 공포에 질려 있어!'

옹고트의 시야에 들어오는 골드그리핀들은 하나같이 맞서 싸우기보다는 도망치려고 했다.

옹고트는 그 이유를 금방 알 수 있었다. 마주 붙어서 싸우려고 해도 플라위스들이 거리를 전혀 주지 않고 브레스로만 공격을 하고 있었기 때문이다.

생체 보호막은 물론 검기에 견줄 수 있는 강하고 날카로운 부리와 발톱 그리고 억센 깃털을 가지고 있다고 해도 상대가 거리를 주지 않으면 소용이 없었다.

게다가 몸집이나 날개도 플라위스들이 월등하게 컸고 비행술마저도 한 단계는 더 높아서 골드그리핀은 전혀 상대가 되지 않았다. 그러니 무조건 도망을 치려고 할 수밖에 없었다.

벌써 절반에 가까운 골드그리핀이 화염에 휩싸여서 추락했다.

'그런데 혼울프는?'

혼울프 역시 배가 고파서 던전에서 나왔다면 하늘에서 떨어진 행운을 절대로 놓치려고 할 것 같지 않은데 절벽 주위에는 보이지 않았다.

멀리 시선을 돌려 보니 혼울프들은 자신들이 힘겹게 넘어왔던 언덕 앞쪽을 가득 채우고 있었다.

그런데 뜻밖에도 언덕 위에는 사람들이 있었다.

'저들은 누구지?'

대략 300여 명에 달하는 전사들이 위로 올라오려는 혼울프들을 향해 창을 던지거나 검을 휘두르고 있었는데, 혼울프들이 속절없이 언덕 아래로 구르다시피 추락하고 있었다.

'혼울프를 저렇게 쉽게 죽인다고?'

혼울프는 갈기족 동칭, 즉 전사장은 되어야 단독으로 상대할 수 있는 마수였다. 그만큼 강력한 생체 보호막은 물론 마나가 주입된 무기가 아니면 베거나 뚫을 수 없는 질기고 두꺼운 가죽을 가지고 있었다.

그런데 언덕 위에서 아래를 행해 던지는 창들은 혼울프의 머리며 가슴에 쉽게 박히고 있었다.

그것도 이상하지만 더 이상한 것이 있었다.

'언덕이 더 높아졌어!'

초원 지대에서는 보기 드물게 높은 언덕이기는 했지만 그래 봐야 다른 곳에 비해서 사람 키의 서너 배에 해당할 정도밖에 높지 않았던 언덕이 분명한데, 지금은 이전의 열 배 가깝게 높아졌다. 당연히 경사도 가팔라서 혼올프들이 쉽게 뛰어오를 수 없었다.

하지만 먹이에 대한 집착이 강하고 죽기 직전까지 공격을 포기하지 않는 혼올프답게 동족들이 창에 맞아 연신 굴러떨어지고 있는 상황에서도 수많은 놈들이 죽거나 부상을 입은 동족의 몸을 디딤돌로 삼아서 언덕을 오르고 있었다.

언덕이 왜 높아졌는지는 알 수 없지만 이제는 투창으로는 혼올프에 피해를 주기 힘들겠다고 판단한 순간이었다.

갑자기 언덕 위에 있던 전사 네 명이 아래를 향해 뛰어내렸다.

"저, 저!"

언제 옆에 왔는지 모를 옹고트의 호위 전사인 상다가 안타까운 감정이 가득 실린 소리를 질렀다. 안전한 언덕을 버리고 혼올프로 가득한 아래로 뛰어내리는 전사들의 모습이 그들이 보기에는 마치 자살이라도 하는 것 같았기 때문이다.

그런데 예상한 것과 다른 상황이 펼쳐졌다.

"오러스레드!"

그들의 무기에는 오러블레이드의 바로 전 단계인 오러스 레드가 생성되어 있었다. 그들은 혼자 혼울프들이 들끓는 곳으로 향할 실력이 있는 것이다.

그들은 한곳에 자리를 잡고 무기를 휘둘렀는데 오러스레드의 궤적이 지나간 곳에는 머리며 몸통이 잘린 혼울프의 사체만 남았다.

'대단한 실력이기는 한데 전세는 여전히 혼울프들이 유리해!'

옹고트는 자신보다 경지가 더 높은 전사만 무려 네 명이나 된다는 사실에 놀랐고 호승심이 들끓었지만 냉정하게 상황을 판단하고 있었다.

자신이라면 저렇게 실력을 드러내기보다는 차라리 강철 창에 창기를 생성해서 위로 올라오는 혼울프를 찌르는 방식을 선택했을 것이다.

오러스레드는 유지하는 데 너무 많은 마나가 소모된다. 그럴 마나가 있으면 차라리 검기를 더 오래 사용하는 것이 낫다.

'위험한데……'

오러스레드는 마나 소모가 극심하기 때문에 오래 활약할 수 없었다. 마나가 바닥을 드러내는 순간 혼울프의 길고 날카로운 송곳니와 발톱에 갈기갈기 찢겨 죽을 수밖에 없었다.

아무튼 그 네 명 덕분에 언덕 아래쪽을 에워싸고 있던 혼울프의 숫자가 오히려 더 늘었다. 동족을 사냥하는 인간들에 대한 적의가 투기를 높였기 때문이다.

얼마 후 골드 상급 실력의 전사 네 명은 오러스레드를 최대로 뽑아내어 멀리 휘두르며 뭔가 다른 행동을 하는 것 같더니 빠르게 언덕 위로 올라갔다.

'그래! 잘했어!'

생면부지의 전사들이지만 죽음 직전까지 몰렸던 자신을 구해 준 이들이 실력을 뽐내다 죽는 것은 원하지 않았다.

그런데 옹고트의 시선은 날듯이 언덕 위로 귀환한 전사들이 아닌 방금 전까지 그들이 있던 곳에 고정되었다. 이전에 비해서 더 많아진 혼울프들이 언덕 아래를 가득 채우고 있어 그 부분은 보이지도 않을 정도였다.

푸스스스.

갑자기 언덕 위에서 전격 마법이 아래를 향해 날아갔고 언덕 기슭을 기준으로 대략 50보 거리의 공간이 온통 시퍼런 전격에 휩싸였다.

"뭐, 뭐지?"

제국의 전사 중에서도 마법사가 있었기 때문에 전격 마법을 모르는 옹고트는 아니다. 그가 놀란 것은 전격의 범위가 너무 넓었기 때문이었다. 거의 절반에 달하는 혼울프가 시퍼런 전격에 파도에 휩쓸린 것이다.

단 한 방에 불과한 전격 마법의 위력이 너무 놀랍기도 했지만 옹고트가 더 놀란 것은 따로 있었다.

온팀의 신위

'전격이 이렇게 오래 유지가 되는 건가?'

초원에도 가끔 낙뢰가 떨어진다. 그래서 얼마 안 되는 나무를 태워 건기에는 거대한 화재를 일으키기도 한다.

제국의 마법사가 발현한 전격 마법도 봤다. 전격에 맞은 마수나 몬스터는 감전이 되어 몸이 굳거나 피부가 타 버리기도 하지만, 전격이 유지되는 시간은 그리 길지 않다.

대상을 감전시키고 얼마 되지 않아서 사라지는 것이다.

하지만 지금의 전격 마법은 달랐다. 전격의 바다가 생겼다고 할 만큼 언덕 기슭을 따라서 넓은 띠를 이루고 있었으며 스무 호흡이 넘었지만 여전히 맹위를 떨치고 있었다.

'대체 어떻게?'

분명히 인위적인 무언가가 개입한 것이 틀림없었다.

이윽고 전격이 사그라들었다.

"엄청난 전격이었군."

전격에 노출되었던 혼울프 대부분이 새까맣게 탄 상태로 꿈틀거렸다. 한 번에 절반에 달하는 마리에 달하는 혼울프가 타 죽은 것이다.

물론 다 죽은 것은 아니었다. 개중에는 털이 타서 새까맣게 변한 몰골로 비척거리며 움직이는 놈들도 보였다.

하지만 그 모습이 얼마나 끔찍했는지 혼울프 무리는 언덕과 멀찌감치 떨어진 곳에서 으르렁거릴 뿐 쉽게 언덕을 오를 생각을 하지 못하고 있었다.

그런데 언덕 위쪽 상공을 중심으로 플라위스들이 거대한 띠를 형성하기 시작했다.

"어?"

하늘을 올려다보니 더 이상 골드그리핀이 보이지 않았다. 방금 전까지 플라위스들에게 공격을 받던 놈들이 모두 사라진 것이다.

그런데 이상한 일이 있었다. 다 도망친 것은 분명히 아닌데 사체가 한 마리도 보이지 않았다.

'플라위스들이 다 죽었다고 치더라도 사체는 대체 어디로 간 거지?'

혼울프들이 뼈 한 점도 안 남기고 다 먹어 치운 것도 아닐 텐데 이전에 바닥에 떨어져 죽었던 놈들까지 전혀 보이지 않았다.

"누구지?"

한 전사의 혼잣말에 옹고트가 다시 시선을 언덕 쪽으로 돌리자 새하얀 대검을 든 한 남자가 천천히 언덕을 내려오기 시작했다.

'저런 가파른 경사를 마치 평지처럼 걷고 있어!

경사 때문에 몸이 수평이 되어 버려 바로 아래로 떨어져야 정상인데 그는 자연의 법칙을 무시하듯 천천히 언덕을 걸어서 내려오기 시작했다.

"누구지?"

또다시 누군가 옹고트 대신 심중의 의문을 드러냈지만 대답이 나올 리가 없었다. 대신 다들 눈알이 튀어나올 것 같은 얼굴이 되었다.

"오러블레이드!"

언젠가 던전을 방문했던 제국의 전사가 보여 주었던 오러블레이드처럼 푸른색이 아니라 하얀색이었지만, 대검이 두 배로 길어진 것처럼 만든 것은 분명히 오러블레이드가 맞았다.

그리고 눈을 의심할 정도로 빠르게 전격이 휘몰아쳤던 공간을 넘어선 사내가 혼울프 무리 사이로 뛰어들어 적어도 네 보는 될 것 같은 길이의 거대한 흰색 대검을 휘두르자 혼울프의 머리가 날아다니기 시작했다.

하지만 한자리에 멈춰 있는 것은 아니었다. 마치 허공에 밟을 것이라도 있는 것처럼 날아다니면서 새하얀 오러블레이드를 휘두르며 언덕 아래쪽을 빙 둘러 가면서 혼울프를 처리하고 있었다.

죽이는 것이 아니라 처리하는 것이라고 생각하는 건 혼울프의 머리통이 너무나 쉽게 잘리기 때문이었다.

"억터르텐, 억터르텐이다!"

"우아아아아!"

누군가의 입에서 튀어나온 단어에 전사들이 일제히 함성을 지르기 시작했다.

─언젠가 하늘의 아들 억터르텐은 하늘의 새들을 거느리고 땅으로 내려오리라. 그때는 갈기족이 멸족의 위기에 처해 있을 것이다. 억터르텐은 날개가 없이도 새처럼 날 수 있으며 신성한 빛을 뿜어내는 거대한 검으로 산과 강을 가르고 갈기족을 구하리라.

생각해 보니 족히 수천 년 이상 구전(口傳)으로 내려온 조상들의 예언 내용과 다른 점이 전혀 없었다.

하늘의 아들인 억터르텐은 일반적인 플라워스보다 훨씬 더 크며 골드그리핀을 브레스로 죽일 수 있으니 능히 하늘의 새라 칭해도 충분한 플라위스들과 함께 등장했으며 신성한 빛을 뿜어내는 대검을 가지고 뭐든 자를 것 같은 신위(神威)를 보이고 있는 것도 사실이다.

무엇보다 날개가 없이도 새처럼 날 수 있다는 구절도 지금의 모습을 보면 충분히 이해가 간다. 땅에 내려오지도, 뭔가 디딜 것도 없는 공중에서 마치 새처럼 자유롭게 움직이며 대검을 휘둘러 혼울프를 처리하는 모습도 구전되는 내용과 다를 바가 전혀 없었다.

아무튼 억터르텐처럼 보이는 전사가 날뛰기 시작하자 뒤편에 있던 혼울프들은 꼬리를 말고 도망을 치기 시작했다.

하지만 놈들은 도망치지 못했다. 하늘에 떠 있던 플라위스들이 기다렸다는 듯 놈들을 향해 벼락처럼 빠르게 내리꽂히더니 거대한 발톱으로 동체를 움켜쥐어 다시 날아올랐다.

하지만 유일하게 플라위스들이 쫓지 않는 방위가 있었다. 바로 자신들 쪽이다.

'우리보고 처리하라는 뜻이다!'

가온의 뜻을 짐작한 옹고트가 벼락처럼 소리를 질렀다.

"이쪽으로 도망치는 혼울프를 모조리 죽여라!"

"우우우우!"

옹고트의 명령에 갈기족 전사들이 늑대 울음소리를 내어 화답했다.

안 그래도 인간의 공격과 전격으로 인해서 2천 중 절반 이상이 죽어 버린 상태에서 거대한 검을 사용하는 인간에게 학살을 당하자 투기를 잃어버리고 도망을 치던 혼울프 중 상당수는 암벽 쪽으로 향했다.

비교적 지능이 높은 편인 혼울프는 도망치는 동족을 쫓는 플라위스를 떨쳐 내려면 절벽과 같은 지형을 선택해야 한다는 사실을 본능적으로 알고 있었다.

하지만 그런 놈들을 기다리는 건, 아니 기다렸다는 듯 달려오는 거대한 늑대들은 전사들을 태우고 있었다. 자신들을 향해 강한 투기를 발산하고 있는.

원래 일족 중에서 가장 뛰어난 전사들을 선발했고 그동안 제국의 전사들과 함께 던전을 들어가기도 했으며 지금은 던전에서 나오는 마수와 몬스터를 사냥하는 동안 실력이 더 오른 700여 명의 갈기족 전사들은 혼울프 정도는 1대1로 충분히 사냥할 수 있었다.

거기에 혼울프보다는 작지만 초원 지형에서 훨씬 더 기동력이 좋은 초원 늑대를 탄 상태라서 놈들을 상대하는 것은 어렵지 않았다.

"분리시켜!"

옹고트의 명령이 떨어지자 전사들이 일제히 화살을 날리기 시작했다.

말과 달리 거칠고 격렬한 움직임을 보이는 초원 늑대를 탄 상태에서 날리는 화살이라 급소를 정확하게 맞힐 정도는 아니지만, 목표를 빗나가는 것은 별로 없었다.

혼울프는 날아오는 화살로 인해서 우왕좌왕하다가 자신들도 모르게 10여 마리로 갈라졌고 초원 늑대를 타고 있는 갈기족 전사들에게 포위당했다.

갈기족 전사는 활은 물론 투창까지 능숙하게 사용하며 곡도를 능숙하게 다룬다. 그래서 초원 늑대의 옆구리에는 단창 대여섯 자루는 항상 매달아 두고 있었다.

갈기족 전사들은 혼울프를 포위한 상태로 화살을 쏘기 시작했다. 비록 마나가 주입된 것은 아니지만 화살은 혼울프의 발목이나 무릎 부위를 노렸다.

혼울프가 공격을 하면 초원 늑대는 곧바로 달아났고 갈기족 전사들은 돌아앉은 자세로 놈의 다리에 화살을 쏘았다.

결국 무릎이나 발목에 화살을 맞으면 혼울프라도 제대로 움직이기 힘들었다.

그렇게 기동력을 빼앗은 후에는 투창기를 활용하여 단창을 날렸는데, 비록 마나가 주입되지는 않았지만 서너 발이 몸에 깊숙하게 꽂히면 결국 출혈 과다로 죽을 수밖에 없었다.

노련한 갈기족 전사들은 절대로 서두르지 않았다. 혼울프는 마수이기 때문에 단숨에 죽일 수 없으면 지구전으로 사냥해야 한다는 사실을 잘 알고 있었다.

가끔 위험한 순간들도 있었지만 대기하고 있는 갈기족 전사장들이 끼어들어 처리를 했다. 골드급 전사에 해당하는 전사장들은 검기를 사용할 수 있어 혼울프를 능히 혼자 상대할 수 있었다.

혼울프들에게는 비극적인 일이지만 언덕 위에서 놈들을 상대하던 전사들도 그냥 두고 보지 않았다. 언제 언덕에서 내려왔는지 모르겠지만, 화살과 창으로 놈들을 사냥하고 있었다.

옹고트 역시 자신을 태운 추슬라와 함께 혼울프 중 뿔이 두 개 이상인 놈들만 찾아다니면서 처리하고 있었다.

자신의 형제나 다름없는 초원 늑대인 추슬라는 혼울프의 속도를 압도했고, 시퍼런 검기를 발현한 그의 곡도는 전사들의 목을 물어뜯으려는 혼울프의 목덜미를 베거나 그게 여의치 않으면 발목을 잘랐다.

자신도 억터르텐으로 여길 만큼 신위를 발휘했던 전사에게 보스급과 중간 보스급은 거의 다 죽었지만, 그래도 중간 보스에 근접한 놈들도 여럿 있었는데 자신이 찾아내기 이전에 마구랏이 물어 죽이고 있었다.

마구랏은 일반 초원 늑대의 두 배나 되는 거대한 몸집을 가진 변종으로 사람은 태우지 않았다.

새끼 때부터 함께할 인간 짝을 고르지 않았기 때문이다.

그래도 데리고 온 것은 혼자 샤벨타이거를 상대할 수 있을 정도로 용맹했고 마수처럼 마나를 사용하는 능력이 있어 전투력이 엄청났기 때문이다.

그 마구랏이 마구 날뛰고 있었다. 일반 혼울프보다 오히려 몸집이 더 큰 놈이 뿔이 두 개인 놈들만 골라서 공격을 하고 있어 전사들의 피해가 적었다.

그사이에 강철 갈고리처럼 생긴 날카로운 발톱으로 혼울프를 움켜쥐고 심장을 터트린 후 내장을 뽑아먹느라 정신이 없었던 플라위스들이 다시 움직였다.

녀석들은 갈기족 전사들이 분리한 10여 마리의 혼울프 무리를 향해 빠르게 내리꽂히는가 싶으면 두 마리씩 움켜쥐어 심장을 터트리거나 부리로 머리부터 부수고 언덕으로 내려앉아서 혼울프를 맛있게 잡아먹었다.

그렇게 전사 300여 명과 플라위스 100여 마리는 그야말로 순식간에 골드그리핀 100여 마리와 혼울프 2천여 마리를 사냥해 버렸다.

사냥이 끝나고 뿔피리로 전사들을 모아 사상자를 파악한 웅고트는 내심 안도했다.

'죽은 초원 늑대가 38마리, 전사가 27명밖에 안 되다니 정말 다행이구나.'

부상자는 많았지만 강인한 갈기족 전사들은 태어날 때부터 재생력이 탁월해서 금세 건강해질 것이다.

'울라하께서 우리를 도왔다!'

정체를 알 수 없는 전사들과 거대한 플라위스들이 나타나지 않았다면 동굴 속으로 도망쳤던 자신들은 제대로 싸워 보지도 못하고 썩은 나무속에 숨어 있던 애벌레처럼 골드그리핀에게 잡아먹혔을 것이다.

아니, 골드그리핀이 아니었더라도 2천여 마리의 혼울프에게 잡아먹혔을 것이다.

새삼 억터르텐으로 여길 정도로 놀라운 신위를 보인 존재와 의문의 전사들이 고마웠다.

자신들이 갈기족의 미래나 다름없으니 그들이 갈기족 전체를 구한 것이나 다름없었다.

옹고트는 억터르텐일 가능성이 있는 인물을 만나기 위해서 휘하 전사장 세 명과 함께 정체불명의 전사들이 모여 있는 언덕 쪽으로 달려갔다.

그와 일행이 언덕 아래에 도착하자 맞이하는 인물이 있었다.

"반갑습니다. 저는 달리아트족 대전사장 야쿰바라고 합니다."

"아! 저는 갈기족 대전사장인 옹고트입니다. 달리아트족의 이름은 익히 들었습니다. 여러분이 아니었다면 모두 죽었을 겁니다. 정말 감사합니다."

옹고트가 제국 식으로 예의를 차려 인사를 했다.

"인사는 제가 하지 마시고 우리 대장님에게 하시지요."

"대장님이시라면?"

"온 님이십니다."

자신과 비슷한 실력을 가진 것으로 보이는 야쿰바의 손가락이 가리키는 곳에는 억터르텐으로 생각한 남자가 있었는데, 그는 언덕 위에 빼곡하게 앉아 있는 거구의 플라위스들에게 일일이 뭔가 나눠 주고 있었다.

'달리아트족이라면 억터르텐이 아니군.'

산악 지대 깊은 곳에서 살아가는 달리아트족에 대해서는 들어 본 적이 있었다. 엘프와 드워프의 후예를 자처할 정도로 산악지대에서는 뛰어난 무용을 자랑하는 전사들이라는 얘기였다.

그런 달라이트족의 수장이라면 갈기족의 신화에 등장하는 억터르텐은 아닐 것이다.

"그, 그런데 저 새들이 플라위스가 맞습니까?"

"그렇습니다. 조금, 아니 많이 크지요?"

야쿰바는 옹고트가 놀라는 것을 이해한다는 얼굴로 고개를 끄덕였다.

"대체 저렇게 거대한 플라위스들을 어떻게 길들인 겁니까?"

"그거야 저도 모르지요. 플라위스들은 온 님만 따르니까요."

와이번도 사냥한다는 플라위스인데 자신이 아는 것보다 배까지는 아니지만 훨씬 더 큰 플라위스들이 전사의 몸에 부리를 비비는 등 애교를 떠는 모습이 왠지 현실감이 없었다.

"그런데 달리아트족 전사들께서 이곳에는 어쩐 일이십니까?"

이곳은 제국이 비밀리에 관리하는 곳으로 우연히 들어오더라도 죽임을 당할 수밖에 없는 곳이며, 전사들이 뤼나웜 사냥을 위해 떠날 때도 그런 경우에는 가차 없이 죽이라는 지시를 받은 상태였다.

하지만 달리아트족 전사들을 그런 식으로 처리할 수는 없었다.

'이곳에 던전이 있다는 사실을 알고 있는지는 알 수 없지만, 우리의 목숨을 구해 준 은인이고 수는 우리보다 적지만 더 강하니 무릎을 꿇더라도 비밀 엄수를 부탁해야겠구나.'

설령 자신들의 전투력이 더 강하거나 나중에 제국 측에서 알게 되더라도 은인에게 칼을 들이밀 수는 없었다.

"우리는 제국의 의뢰를 받고 던전을 공략하러 왔습니다."

터어엉!

옹고트는 야쿰바의 대답을 듣고 고개를 끄덕이다가 순간 멍해졌다.

'그럼 이들이 제국 전사들을 대체한다는 그들이구나!'

그런데 '공략'이라니? 설마 던전을 공략한단 말인가?

"저, 정말 던전을 공략하러 왔단 말입니까?"

"그렇습니다. 우리 온팀은 던전을 공략한 경험도 있고 석 달 이상 뤼나웜을 사냥하기도 했습니다. 그러니 제국에서 100만 금을 주고 이 일을 맡겼겠지요."

야쿰바는 당당했다. 애초에 가온이 의뢰 건을 말해 주면서 던전에서 나오는 마수와 몬스터를 토벌하는 것이 아니라 던전을 공략하는 것으로 설명한 것이다.

"……."

웅고트를 비롯한 갈기족 전사들의 입이 떡 벌어진다. 제국이 이들에게 지급하기로 한 대금 때문이다.

100만 금이라니. 갈기족 전체가 수십 년을 목축이나 사냥을 하지 않아도 편하게 살 수 있는 어마어마한 거금이다.

아니, 돈을 떠나서 과연 이 인원으로 자신들까지 합쳐서 콧대 높은 제국의 1만여 전사들도 무려 여섯 번이나 공략했지만 결국 실패했던 던전을 이 인원으로 공략할 생각을 하고 있다는 점이 이해가 가질 않았다.

'아무리 미스릴 상급 전사가 있다고 해도 던전을 공략한다는 건 말이 안 되는데…….'

그런 생각은 120에서 130마리로 추정되는 거대한 플라위스들을 보고 옅어졌다.

'화염 브레스를 몇 번이나 사용할 정도에 골드그리핀을 가볍게 찢어 죽일 정도로 강력한 비행 마수들에 산악 지형에서는 누구도 따라올 수 없다는 달리아트족 전사 300여 명 그리고 오러블레이드를 능숙하게 구사하는 미스릴 상급의 전사

라면.'

이건 가능성이 있다. 워낙 다양하고 강력한 마수와 몬스터들이 들끓는 던전이라서 제국의 전사들도 공략에 실패했지만 이들이라면 다를 수 있었다.

자신도 제국의 전사들과 함께 던전을 들어가 봤지만 초입에서 더 나아가지 못하고 결국 피해만 입고 나오고 말았다.

던전의 안쪽에는 확인되지는 않았지만 베헤모스와 같은 위험한 놈들이 있다고 들었지만, 초입을 벗어나면 가장 상대하기 어려운 마수는 단연코 골드그리핀을 포함한 비행 마수였다.

놈들은 초원이건 숲이건 가리지 않고 공격을 가해 왔는데 불과 몇 명만이 오러블레이드를 발현해서 쫓아낼 수 있을 뿐이었다.

하지만 이쪽은 달랐다. 골드그리핀 100여 마리를 순식간에 사냥해 버린 무시무시한 비행 마수를 100마리가 넘게 길들여서 조종을 하는 데다가 오러블레이드의 수준 자체가 달랐다.

오러스레드를 억지로 강화한 제국 전사들과 달리 온전한, 아니 이름에 어울리는 오러블레이드를 구사했다.

'어쩌면!'

정말 초원의 모든 생물에게 멸망이라는 단어를 떠올리게 만든 거대한 던전을 제대로 공략할 수 있을지도 모른다는 희망이 가슴 깊숙한 곳에서 몽글몽글 피어났다.

"그럼 혹시 던전을 클리어했을 때 받는 보상도 알고 있습니까?"

옹고트도 최근에야 제국의 한 전사로부터 들은 비밀이지만 진실 여부는 알지 못했다.

"갓상점과 명예 포인트 말입니까?"

'사실이었어!'

상대의 대답에 옹고트의 가슴이 쿵 내려앉았다.

"정말로 갓상점이라는 곳에 접속해서 나를 강하게 해 줄 스킬이나 영약을 구입할 수 있는 겁니까?"

"알고 물어본 거 아니었습니까?"

"……."

옹고트는 상대의 질문에 아무 대답도 할 수 없었다. 배신감에 치가 떨려서 다른 생각을 전혀 할 수 없었기 때문이다.

'제국 놈들이 우리를 방패막이로 사용했을 뿐 제대로 알려 주지 않았어!'

자신들이 방치한 던전들을 맡은 제국은 물론이고 초원과 인접한 왕국의 전력이 급상승하기 시작했다. 미스릴급 전사들이 늘어난 것은 물론이고 골드급 전사들 또한 눈에 띄게 숫자가 증가한 것이다.

그래서 갈기족은 통합을 이루었음에도 불구하고 이전처럼 대등한 상태에서 제국과 왕국들을 상대하지 못하고 끌려다니게 되었다.

몇 번의 전쟁과 처참한 피해를 통해 전력의 열세를 처절하게 깨달은 것이다.

웅고트는 갈기족 전사들도 제국이나 왕국의 전사들 못지 않게 목숨을 걸고 수련을 하고 사냥을 해 왔는데, 어느 순간부터 실력이 처진 이유가 바로 최근에 입수한 갓상점이라는 미지의 상점 때문이 아닌가 의심했었다.

'실베르는 믿을 수 있지.'

자신에게 던전의 비밀을 알려 준 실베르는 비록 두 번째 부인이긴 했지만 갈기족, 그것도 자신의 일족 여인에게 반해서 자신이 직접 맺어 준 전사였다.

"……이오?"

다른 데 정신이 팔렸던 웅고트는 뭔가 물어보는 상대의 말꼬리를 겨우 듣고 정신을 차렸다.

"네?"

"사상자가 많이 나와서 충격을 받은 모양이군요. 우린 바로 던전에 진입할 예정인데, 그쪽은 어떻게 할 생각이오?"

"들어가야지요!"

자신도 모르게 소리를 지른 웅고트가 겨우 정신을 차렸다.

"괜찮겠소?"

야쿰바라고 자신을 소개한 달리아트족 대전사장의 눈에 진심으로 염려하는 마음이 담겨 있었다.

"괜찮습니다."

"그럼 그쪽도 준비를 하시오."

상대가 언덕 위로 올라가자 웅고트는 어느새 근처까지 몰려온 갈기족 전사들에게 달려갔다.

"……그러니까 던전을 공략하면 우리를 강력하게 해 줄 무언가를 얻을 수 있다는 거네요?"

모인 동칭 중 가장 영민한 타타르가 가장 먼저 핵심을 파악했다.

"맞아. 그 보상을 이용해서 제국과 왕국의 전사들도 그렇게 실력을 높였던 거였어."

"젠장!"

"어쩐지 죽어라 노력하는데도 못 따라잡겠더니!"

모인 아홉 명의 동칭들이 분개했다. 그들은 그동안 던전의 마수와 몬스터를 상대하면서 하고롱으로 돌아가면 아고칭이 될 실력을 갖추고 있었다.

"제기랄! 초원에 열린 던전만 해도 총 22개나 되는데 원로들 때문에……."

한 동칭의 말에 분위기는 더욱 가라앉았다. 그의 말대로 초원에도 22개나 되는 던전이 생성되었지만 원로들 때문에 멀리 피해야만 했다. 그리고 그 던전들은 제국과 왕국들이 맡았고 지금까지 관리하고 있었다.

"도전하지 않으면 성장할 수 없는 법인데……."

전사들은 던전이라는 미지의 세계를 공략하고 싶었지만 각 부족의 원로들이 던전에서 나온 마수와 몬스터를 막는 것이 더 중요하다는 말로 말리는 바람에 모두 포기했다.

"아무튼 기회가 왔다! 나는 도전할 생각이다."

"나 역시 던전에 들어가겠다!"

옹고트의 선언에 이어 동칭들이 차례로 의견을 표명했는데 반대는 전혀 없었다. 그만큼 이제야 밝혀진 던전의 새로운 비밀은 향상심과 투쟁심을 자극한 것이다.

"좋아! 그럼 당장 전사들을 모아서 이 사실을 알리고 의견을 들어. 안 들어가겠다는 전사들은 하고룽으로 보내고. 아! 그리고 식사를 한 후 들어가기로 했으니 간단하게 먹어 두도록 하고."

옹고트의 말에 자리에서 일어나려고 하던 동칭 중 굴텐이 뭔가 생각이 난 얼굴로 입을 열었다.

"억터르텐이 맞습니까?"

"달리아트족이었어. 신화는 신화에 불과할 뿐이야."

옹고트가 고개를 저었다.

"그렇겠죠?"

동칭들이 조금은 안타까운 얼굴로 고개를 끄덕였다.

그 당시에는 너무 흥분한 상태였고 인간을 초월한 신위를 보았기에 구전되는 일족의 신화를 떠올렸지만, 시간이 조금

지나서 진정이 되자 신화에 나오는 억터르텐이 제국 전사일 리가 없다는 생각이 든 것이다.

"억터르텐이든 아니든 온 대장이라고 불리는 그 전사가 있 어야 던전을 제대로 공략할 수 있으니까 불복하지 말고 잘 따르도록 해!"

옹고트는 갈기족 전사의 대표이지 전적인 지휘권을 가진 건 아니다. 그래서 자신의 말에 항상 토를 달거나 반대 의견 을 표명하는 '거센 바람' 일족의 동칭인 두로도를 보면서 한 번 더 당부했다.

"이미 그는 우리 일족의 목숨을 구했소. 그러니 나와 내 일족의 전사들에게는 억터르텐이나 다름이 없지만, 정말 그 가 우리를 이끌어서 던전을 공략하고 보상을 받아서 나와 우 리 일족의 전사들이 한 단계 성장할 수 있다면 나와 우리 일 족은 그를 억터르텐으로 모실 거요."

"프하하하. 두로도가 나와 같은 생각을 하고 있을 줄은 몰 랐네!"

두로도만큼은 아니지만 고집이 무척 센 마르륵이 호탕한 웃음과 함께 그렇게 말했다.

다른 동칭들도 고개를 끄덕이는 것으로 보아 걱정할 일은 없을 것 같아서 옹고트는 내심 크게 안도했다.

'은연중에 서로 견제하고 싸우지만 않아도 우리 전력은 상 승할 거야.'

제국 놈들에게 핍박을 받으며 방패 역할을 하면서도 갈기족을 대표하는 열 개의 부족은 서로를 끊임없이 견제했다.

그 때문에 입지 않아도 될 피해를 입은 것이 한두 번이 아니다.

그렇다고 웅고트가 그 건에 대해서 뭐라 할 수도 없는 것이, 같은 갈기족이기는 하지만 아주 오랫동안 서로 전쟁을 하면서 원한을 쌓으며 살아왔기 때문에 단기간에 하나로 통합되는 건 불가능한 일이었다.

'정말 온 대장이라는 자가 억터르텐이었으면 좋으련만.'

던전에서 나온 마수와 몬스터로 인해 급하게 통합을 했지만 갈기족은 진정한 통합을 이룬 것이 아니었다. 언제든 분열될 수 있는 허술한 관계일 뿐이나 위험에 제대로 대처할 수가 없었다.

그래서 웅고트는 자신이 불가능한 기대를 한다는 것을 자인하고 쓴웃음을 지었다.

가온은 던전을 들어가기 전에 갈기족 대전사장들과 자리를 가졌다. 갈기족 측의 요청이 있었기 때문이다.

게다가 말했던 것과 달리 오늘 당장 던전에 들어갈 수는 없었다.

'후유증이 없을 리 없지.'

몇 번 시험비행을 하기는 했지만, 3시간 만에 그 먼 거리를 날아온 플라위스는 몰라도 내내 바람을 맞으며 발톱에 매달려 여기까지 온 직후 전투까지 치른 달리아트족 전사들은 하루 이틀은 푹 쉬어야 했다.

웅고트를 비롯한 갈기족 전사장들은 인상이나 풍기는 기세와 달리 가온에게 정중했다. 그들에게는 목숨을 구해 준 은인이자 갈기족에서는 더 이상 나오지 않는 위대한 전사였으니 무릎을 꿇어도 전혀 부끄럽지 않았다.

"자, 일단 식사부터 합시다."

원래 갈기족이 대접을 하겠다고 했지만 가온은 거절했다.

골드그리핀과 혼울프에게 쫓기던 그들이 가지고 있던 식량이라면 말린 고기나 치즈 정도일 거란 사실을 뻔히 짐작할 수 있었기 때문이다.

늦은 점심 메뉴는 매운 양고기 찜과 따듯하게 데운 빵 그리고 맥주였다.

음식이 나오는 동안 침을 흘리다가 가온이 먼저 식사를 하자 바로 찜을 먹기 시작한 달리아트족과 달리 갈기족 대전사장들은 생소한 요리에 쉽게 손이 가지 않는 것 같았지만, 한번 양고기 찜을 맛보더니 미친 듯한 속도로 자신의 몫을 흡입했다.

"이거, 정말 최고입니다!"

"매운데, 너무 매운데 정말 맛있습니다!"

"매워서 그런지 몸에서 열이 납니다!"

갈기족 전사들은 얼굴이 벌겋게 달아올라서 땀을 흘리며 매콤한 찜을 즐겼다. 입안이 얼얼하다 싶을 때는 맥주로 입가심을 했는데, 맥주가 입안에 남은 매운맛을 제대로 씻어 주었다.

갈기족의 주식은 말린 고기를 물에 넣고 끓인 국과 곡물 가루에 키우는 가축의 젖을 넣고 반죽해서 작게 소분한 후 말린 일종의 건빵과 같은 음식이었다.

당연히 향신료는 제대로 들어가지 않았고 소금 간도 제대로 되지 않는 음식이었다.

그나마 제국 측에 합류한 후 소금과 향신료를 제공받아서 이전보다 다양한 요리를 먹기 시작했지만 양고기 찜처럼 다양한 향신료를 투입한 음식은 처음이었는데, 의외로 입에 맞아서 순식간에 해치웠다.

향신료 때문인지 개인당 꽤 많은 양이 주어졌음에도 포만감을 주지는 못했는지 남은 빵까지 먹기 시작했다.

처음에는 손도 안 댔던 빵도 찜의 매콤한 국물에 찍어 먹자 나름 먹을 만했기 때문에 찜을 다 먹은 사람들은 남은 맥주와 함께 빵까지 싹 먹어 치웠다.

그건 식사 자리에 함께한 달리아트족 대전사장인 야쿰바나 테오르도 마찬가지였다. 그들 역시 이렇게 향신료가 많이 들어간, 그리고 적절하게 조화를 이룬 음식은 처음 먹어 본 것이다.

게다가 도수가 낮지만 엄연히 술인 맥주까지 마셨으니 처음 만난 자리임에도 불구하고 분위기는 화기애애할 수밖에 없었다.

덕분에 조리 과정 전반을 맡아서 이런저런 지시를 내렸던 아레오와 아나샤도 아주 뿌듯했다.

다섯 명이 뤼나웜 사냥을 할 때 고생한 네 사람을 위해서 직접 시연을 하며 이런저런 조리법을 두 사람에게 전수했던 가온도 오랜만에 만족스럽게 식사를 할 수 있었다.

이제 배도 찼고 술까지 마셔 분위기가 만들어졌으니 던전 얘기를 해 봐야 할 때였다.

공략 준비

"혹시 던전에 들어가 본 이가 있소?"

가온의 질문에 가장 먼저 입을 연 건 갈기족 전사들을 이끌고 있다고 들은 옹고트였다.

"우리 갈기족 전사들은 적게는 세 번에서 많게는 여섯 번까지 던전에 들어갔었습니다."

"던전에 대해서 자세히 설명을 해 보시오."

"네!"

옹고트의 설명을 듣던 가온은 초원 던전이 생각보다 훨씬 더 큰 규모의 던전이라는 사실을 깨달았다. 점보 던전의 한 층에 비해서 최소한 세 배는 될 정도로 광대한 공간이었다.

당연히 수많은 마수와 몬스터가 서식하고 있는데 가장 위험한 존재, 즉 보스는 이미 들어서 알고 있었지만 두려운 존재였다.

"진짜 마족이 확실하오?"

"마지막 공략에서 언데드의 영역까지 가는 데 성공했습니다. 그때 정찰을 맡은 전사들의 상세한 보고를 접한 제국의 신관이 그렇게 말했고 다수가 수긍했습니다."

마족 던전이라고 해서 보스가 마족이라고 예상은 했지만 진짜라니.

아레오와 아나샤가 마족은 이 세상에는 아직 그 기록이 남아 있을 정도로 가끔 출현하는 존재로, 주로 마기에 잠식된 미친 소환술사가 소환한 것으로 알려져 있다고 말해 주었다.

머리에 뿔이 난 인간으로 날개가 있어 하늘을 빠르게 날아다니는 마족은, 불길한 기운을 풍기며 검환으로 추정되는 빛의 광구를 날려서 다크오우거의 머리통을 날려 버렸다니 맞을 수도 있었다.

아쉬운 건 그 무시무시한 마족의 전투력을 확인한 제국 측에서 더 이상 던전을 공략하길 포기하고 나왔다는 점이다. 그래서 그 존재가 마족인지 제대로 확인하지 않았다.

'뤼나윔을 완전히 박멸하지 않아서 의뢰 완수가 안 된 것이 아니라 초원 던전이 남아서였구나.'

먼 거리였지만 마족 던전의 게이트에서는 쉴 새 없이 마기가 흘러나오고 있었다.

'지금도 이 정도인데 게이트가 열릴 때는 더 엄청나겠군.'

이 던전이 생물 자체가 많지 않은 광대한 초원 한복판에 있지 않았다면 던전을 빠져나온 이계의 마수와 몬스터를 제외하더라도 벌써 수많은 변종들이 나타났을 것이다.

'그나마 초원 지대가 워낙 넓고 영향을 받을 동물들이 거의 없어서 다행이네.'

대륙 중북부에 위치한 이 초원 지대는 거대한 띠처럼 대륙을 위아래로 양분하고 있는데 폭이 무려 700킬로미터가 넘을 정도였다.

이곳에 도착한 직후 가온은 모둔을 불러서 마기를 확인했는데 대답을 듣고 깜짝 놀랐다. 이 초대형 던전에서 방출되는 마기가 이전에 공략했던 다크오우거 던전에 비해 1만 배 이상 많다고 알려 준 것이다.

다크오우거 던전에서 방출된 마기로도 변종이 발생했는데 이 초대형 던전이 만약 사람을 포함해서 동물들이 많이 서식하는 지역에 생성되었다면 다양한 변종은 물론 마인(魔人)들이 엄청나게 출현했을 것이다.

가온은 천문학적인 숫자로 번식한 뤼나웜과 함께 이 초대형 던전이 의뢰의 핵심임을 깨닫고, 모둔에게 이전에 뤼나웜의 영역 경계에서 했던 작업을 부탁했다.

이미 초원 지대에 넓게 확산된 마기는 어쩔 수 없지만 이제부터 던전 밖으로 빠져나갈 마기는 없을 것이다.

'그나저나 던전이 그렇게 크다면 생각을 달리해야겠어.'

던전은 보스만 처치하면 소멸되는 것이 아니다. 보스는 물론이고 안에 서식하는 마수와 몬스터를 일정 비율로 처리해야 할 수도 있었다. 대형 던전은 보통 그런 경우가 많았다.

옹고트라는 갈기족 전사의 말에 따르면 던전 안에 서식하는 마수와 몬스터의 숫자는 천문학적일 것이다. 언데드도 있다는 얘기도 있으니 이 숫자로 던전을 공략하는 것은 무리다.

'플라위스들까지 고려해도 수가 부족해.'

이젠 아레오와 아나샤가 주도해서 던전에 대한 대화가 오가는 동안 가온은 곰곰이 생각을 해 봤다.

'추가 보상을 고려하면 정령들과 아이템 사용을 최소화해야 해.'

그건 이 세상과 관련된 의뢰를 한 당사자가 제한을 했으니 추가 보상을 받으려면 지켜야만 했다.

'하지만 생명의 아공간에 거주하는 이들은 어떨까? 언데드는?'

고심하던 가온은 추가 보상과 관련이 있는지 여부와 상관없이 언데드는 물론이고 생명의 아공간에 거주하는 엘프족 전사들을 동원해야겠다고 마음을 굳혔다.

그렇게 결정한 가온이 정신을 차려 보니 대화는 어느새 마족으로 추정되는 존재에 대한 내용으로 되돌아왔는데 아레오가 타이밍을 잘 맞추어 질문을 했다.

"온 랑, 혹시 검환을 구사할 수 있나요?"

"검환?"

"네. 언젠가 들었는데 마족을 해치우려면 오러블레이드를 넘어 검환을 구사해야 한다고 했어요."

검환에 대해서 잘 모르기 때문에 쉽게 꺼낼 수 있었던 아레오의 질문에 사람들의 이목이 가온에게 집중됐다.

'확실히 온 님이 검환을 구사할 수 있다면 마족을 사냥하지는 못해도 감당할 수는 있을 거야.'

검환을 구사하지 못한다고 해서 던전을 공략하지 못하는 것은 아니지만 그래도 구사할 수 있다면 마족 던전에 들어갈 이들의 사기가 크게 오를 것이다.

가온은 곧바로 단검 하나를 꺼내 마나를 주입하기 시작했다.

'되려나?'

검환을 만드는 요령은 어느 정도 알고 있다.

'무조건 마나를 밀어 넣는다고 검환이 만들어지는 것이 아니지.'

오러블레이드보다 상위의 수준이 바로 검환이다. 오러로 검의 형상을 만들어 내는 것보다 오히려 작은 구슬로 압축하는 것이 훨씬 더 어려웠다. 그만큼 높은 수준의 마나 운용력을 가지고 있어야만 했다.

'된다!'

단검의 끝부분에 영롱한 오색 구슬이 만들어졌다. 손톱의 절반에도 못 미치는 작은 구슬이었지만, 그 안에 담겨 있는 마나의 양은 엄청나기 때문에 날리면 못 뚫을 것이 없으며 폭발력도 엄청나서 오러블레이드를 부술 정도였다.

"어멋! 너무 예뻐요!"

아레오가 보기에는 너무나 아름다운 구슬이지만 그것을 보는 사람들의 눈은 찢어질 듯 커져 있었다.

이 자리에 있는 사람들은 아레오와 아나샤 그리고 차링을 제외하면 모두 무리하면 짧은 시간이지만 오러블레이드의 전 단계인 오러스레드[劍絲]를 구사할 수 있는 수준이었기에 검환에 대해서는 어느 정도 알고 있었기 때문이다.

외부와 교류가 적었던 선대의 전사들과 달리 제국의 전사들과 2년 가까이 어울려 지낸 갈기족 전사장들이나 일족을 위해서 많은 외부 활동을 해 온 달리아트족 전사들은 너무 놀라서 바위처럼 굳었다.

'정말 검환이닷!'

'이렇게 빨리 검환을 생성한다고?'

'미스릴 상급, 아니 최상급이야!'

세상에 알려진 미스릴 최상급은 모두 여섯 명에 불과했다. 그마저도 넷은 나이가 들어서 은퇴한 지 오래되었고, 두 명 중 하나는 제국 황제의 호위 전사라 10년 이상 외부 활동을 하지 않았다.

마지막 한 명은 초원 북쪽의 아이스랜드 왕국의 공작으로 몇 년 사이에 폭증한 마수와 몬스터를 토벌하는 중이었다.

초인 중에서도 초인이라는 미스릴 최상급의 전사에, 골드 그리핀을 압도하는 전력의 거대한 플라위스 130여 마리, 숲과 산악 지대에서는 최고의 전사라는 달리아트족 전사까지 포함한 공략대였다.

'그렇다면!'

옹고트는 던전 공략이 꿈이 아니라는 사실을 확인한 직후 한 가지 생각을 했다.

"저, 온 대장님."

"말하시오."

"대장님이 얼마나 강한지는 충분히 확인했지만 그럼에도 불구하고 던전의 규모에 비해서 우리 숫자가 적은 것 같습니다."

"확실히 그렇긴 하오."

가온도 비슷한 생각을 했기에 추가 보상을 어느 정도 포기하고 생명의 아공간에서 거주하는 엘프족 전사들이나 언데드를 활용할 생각을 한 것이다.

"그래서 말인데 저희 일족의 전사들을 더 불러오고 싶은데, 허락을 해 주십시오. 오가는 데 사흘이면 충분합니다."

어떻게 생각하면 굳이 가온에게 허락을 받을 일은 아니었지만 그와 동행하지 않으면 위험해질 것이 분명하기에 이렇게 부탁하는 것이다.

"얼마나 더 불러올 생각이오?"

"저희 일족만 1천은 동원할 수 있습니다. 제국 기준으로 실력은 실버급에 근접하는 전사들입니다."

바로 윗대의 전사들이 한꺼번에 많이 죽는 바람에 그나마 어릴 때부터 지도를 받은 자신들과 달리 부족한 부분이 많겠지만 그 정도 실력은 된다.

"그 정도면 이 초원에서는 강하겠지만, 많은 경험을 한 당신들이라면 몰라도 던전에서 많은 피해를 입을 것이오."

실버급이라면 모르지만 근접한 정도로는 던전에서 생존을 장담할 수 없었다.

"감당할 수 있습니다! 아니, 감당해야 합니다! 우리의 손으로 초원을 지키려면 더 강한 힘이 필요합니다!"

힘이 있었다면 제국의 요구에 일족 중에서 가장 뛰어난 전사 200을 내놓지 않아도 되었을 것이다. 그 200명 중 살아남은 전사가 자신을 포함해서 고작 50여 명밖에 안 된다.

그런 희생을 치렀지만 그의 일족은 겨우 생활을 할 수 있는 양의 생필품만 받았을 뿐이다.

던전 공략에 따른 과실을 전혀 챙기지 못하고 그저 희생만 강요당한 것이다.

그렇기에 더 많은 희생을 치르더라도 강해져야만 했고 그

길이 던전 공략에 있었다.

　무려 미스릴 최상급의 엄청난 실력자가 주도하는 공략이다. 어떻게 하든 합류해서 공을 세우고 갓상점과 관련된 보상을 받아야만 했다.

　"정 그렇다면 데려오시오."

　가온은 누가 보상을 챙기든 상관이 없었다. 압도적인 업적은 결국 자신이 세울 테니 말이다.

　"저희 일족도 전사 1천을 동원하겠습니다!"

　옹고트가 감사의 인사도 하기 전에 다른 갈기족 전사장들이 앞다투어 옹고트와 같은 부탁을 해 왔다.

　당연히 가온은 그들의 부탁을 들어주었다.

　'많으면 많을수록 좋지.'

　전사들의 수준을 확인하고 부족하다고 생각되면 생명의 아공간에 거주하는 엘프족 전사들을 소환할지를 결정할 생각이다.

　"혹시 하고롱이라는 곳에 전투마도 있소?"

　갈기족 전사들이 설명한 던전은 숲과 산악 지대, 초원 그리고 습지들이 고루 섞여 있는 광대한 지역이니 초원 늑대가 없는 달리아트족 전사들의 경우 당연히 탈것이 필요했다.

　"전투를 치를 수 있도록 훈련된 전투마를 말씀하시는 겁니까?"

　옹고트는 가온의 말을 금방 알아들었다.

"맞소. 셈은 제대로 치를 테니까 1천 마리 정도 데리고 왔으면 좋겠소."

달리아트족 한 명당 3마리면 충분히 활용할 수 있을 것이다.

"원래 북부 대초원의 말들은 용맹하고 빠르며 오래 달려도 지치지 않기로 유명합니다. 저희 갈기족 전사들은 어릴 때부터 초원 늑대를 훈련시켜 타고 다니지만, 말을 훈련시켜서 제국을 비롯해서 초원과 인접한 국가에 전투마를 팔아 왔습니다."

말을 훈련시킨다는 말은 제대로 타고 전투를 할 수 있다는 의미였다.

"한 마리당 가격은 어떻게 하오?"

"전투 훈련을 완벽하게 받은 경우 마갑까지 합해서 제국 금화로 스무 개입니다."

생각보다 가격이 비쌌지만 잘 훈련된 말이라면 제값은 할 것이다.

가온은 아레오에게 눈짓으로 신호를 해서 절반에 해당하는 1만 금을 아공간 주머니에서 꺼내도록 했다.

엄청난 숫자의 금화를 본 갈기족 전사들의 눈이 뜨거워졌는데, 경탄과 탐욕의 빛도 섞여 있었지만, 이런 거금을 쉽게 내놓는 가온에 대한 경의의 감정도 섞여 있었다.

"맡겨 주십시오! 제대로 된 놈들로 골라서 데리고 오겠습니다!"

누런빛을 뿜어내는 금화 더미를 본 옹고트의 얼굴에는 기쁨이 가득했다. 이 모두가 자신의 일족에게 돌아갈 것은 아니지만 10분의 1만으로도 일족 전체의 생활수준을 높여 줄 것이다.

"온 님."

가만히 돌아가는 상황을 지켜보고 있던 야쿰바가 테오르와 귀엣말을 나누더니 결연한 얼굴로 입을 열었다.

"저희 일족 전사들도 불러오고 싶습니다."

"달리아트족 전사들을 말입니까?"

"네."

"여력이 있습니까?"

"네. 지금보다 두 배는 더 데리고 올 수 있습니다. 추가 인원은 보수도 받지 않겠습니다."

야쿰바는 간절했다. 던전을 클리어하는 데 일정 수준의 업적만 세울 수 있다면 성장에 엄청난 동력을 얻을 수 있었다.

일족 전체의 전투력이 한 단계 이상 상승할 수 있는 기회를 절대로 놓치고 싶지 않았다.

가온은 야쿰바의 부탁을 긍정적으로 받아들였다.

그럼 달리아트족 전사만 900이 된다. 함께하면서 확인한 달리아트족 전사들에게는 굳이 실력 확인이나 피해를 언급하면서 마음가짐을 확인할 필요가 없었다.

'타고난 전사지.'

"시간은 얼마나 걸리겠소?"

"다행히 일족이 자리 잡은 곳이 사나힐 계곡이기 때문에 사흘이면 충분합니다."

사나힐 계곡이 어딘지는 알 수 없지만 사흘이면 그 숫자를 불러올 수 있다니 당연히 허락했다.

정찰

떠난 갈기족 전사장들과 야쿰바가 돌아올 동안 나머지 사람들은 휴식을 취하면서 던전에서 빠져나오는 소수의 마수와 몬스터를 처리하기로 했다.

그런데 다음 날 내내 기다렸지만 던전을 빠져나오는 놈들은 없었다. 오랫동안 이곳을 지켜 왔던 갈기족 전사들에게 물어보니 대단위로 마수와 몬스터가 빠져나온 직후에는 한동안 잠잠하다고 했다.

'대규모 무리로 인해서 게이트 주변이 공백이 된 거군.'

그렇다고 마냥 기다리기만 하는 건 성미에 맞지 않는다.

다음 날 아침, 식사를 마친 가온은 갈기족의 마르륵과 달리아트족의 테오르에게 잠시 던전을 확인하고 오겠다고 알렸다.

"동행할 인원은 얼마나 선발할까요?"

야쿰바보다 나이도 많고 먼저 대전사장이 된 테오르는 신중한 성격으로 전사들을 잘 관리하는 유형인데 야쿰바로부터 던전의 비밀을 이미 들은 터라 던전 공략에 굉장히 적극적이었다.

"간단히 확인하고 나올 생각이니 동행은 필요 없소."

"그래도 수발은 들어야 하니 차링과 야무를 데리고 가십시오."

차링이야 원래 동행이나 마찬가지였고 에링과 타링을 부릴 수 있으니 당연한 거지만 야무라는 전사는 대체 누굴까?

테오르는 가온이 대답을 하기 전에 야무를 불렀는데 차링과 비슷한 또래의 여전사였다.

'호오!'

스무 살 정도밖에 안 되었는데 검기에 입문했다. 다른 달리아트족 여전사들과 달리 호리호리한 몸매에 팔다리가 길쭉길쭉했고 짧게 자른 머리카락과 별처럼 빛나는 눈이 아주 매력적인 전사였다.

"야무는 안력을 포함해서 감각이 예민하고 몸놀림이 빠르고 민첩해서 전사가 된 이후 주로 정찰 임무를 맡아 왔습니다. 도움이 될 겁니다."

감각도 감각이지만 관찰력과 집중력이 뛰어나다는 얘기였

다. 정찰 임무를 수행하면서도 검기에 입문했다면 자질도 타고나야 하지만 향상심이나 노력도 엄청났을 것이다.

"좋아. 제대로 된 전사로군. 마음에 드오."

가온의 말에 야무는 전사답지 않게 살짝 얼굴을 붉혔는데 그 모습이 조금 귀여웠다.

그때 돌아가는 상황을 지켜보던 마르특이 입을 열었다.

"저희 일족에도 온 대장님께 도움이 될 전사가 있습니다. 토루! 바루!"

마르특은 갈기족 동칭, 즉 전사장들 중에서 유일하게 남아서 갈기족 전사들을 관리하는 임무를 맡았다.

부름을 받아서 온 토루와 바루는 키는 작지만 바위처럼 단단한 몸을 가진 앳된 얼굴의 전사였는데 묘하게 둘의 얼굴이 닮았다.

"쌍둥이입니다."

얼굴에 새긴 문신 때문에 잠시 헷갈렸는데 체형이나 비슷한 분위기를 풍기는 것을 보니 쌍둥이가 맞았다.

"몇 살이오?"

"제국 나이로 열여덟 살입니다. 우리 일족에서 가장 뛰어난 재능을 가지고 있으며 끊임없이 노력하는 녀석들입니다."

토루와 바루 역시 검기에 입문한 전사로 마나 보유량도 야무보다 더 많았고 마나로드도 더 많이 열린 상태였다.

"나이는 어리지만 토루는 우리 일족 중에서 활 솜씨가 가장 뛰어납니다. 특히 초원 늑대를 탄 상태에서의 활 솜씨는 비교할 전사가 없을 정도입니다. 바루는 검술에 능하고 투창이 특기입니다."

궁술이나 투창이 뛰어나다는 소리에 더욱 호감이 갔다. 검술로 검기에 입문하고도 또 다른 무술에 능숙하다는 건 그만큼 많이 수련했으며 성실하다는 증거였다.

그렇게 동행이 정해지자 가온은 곧바로 던전으로 진입했다.

던전에 입장하는 순간 홀로그램이 떴다.

—인원 한도 무제한의 EX등급 던전에 들어오셨습니다! 던전 내부에 서식하는 마수와 몬스터의 3분의 1 이상과 보스인 마족을 처치하고 차원석을 파괴하거나 제거하세요! EX등급은 3년 안에 반드시 클리어를 해야 하는 던전입니다. 만약 시한을 넘기게 되면 던전에서 방출된 마기로 인해서 해당 차원은 멸망의 길을 걷게 됩니다. 최선을 다해서 클리어하세요!

'역시 EX급이었구나.'

옹고트의 설명을 듣고 대충 짐작은 했는데 역시 맞았다. 보스가 마족인 것도 맞았다.

'그나저나 곧 던전 브레이크가 일어날 뻔했네.'

옹고트의 설명에 따르면 던전이 발견된 지 대략 2년 반이 넘었다고 했다. 그러니 여섯 달 후면 던전이 터지고 보스인 마족을 시작으로 어마어마한 마수와 몬스터가 이 세상으로 쏟아져 나올 것이다.

'뤼나웜이 메인이 아니고 이 던전이 메인이었네.'

이럴 줄 알았으면 던전부터 찾아볼 걸 그랬다는 생각이 잠시 들었지만, 뤼나웜 역시 세상을 잠식하는 마기의 원천이니 처리했어야 할 대상이었다.

'그래도 이 던전만 제대로 처리하면 의뢰는 완수할 수 있으니 다행이네.'

이전에 클리어했던 첩보 던전과 같은 등급임을 고려하면 얻을 수 있는 포인트도 엄청날 것이다. 그 생각을 하자 의욕이 샘솟았다.

"완전히 엉망이군."

게이트를 중심으로 1천 보까지는 완전히 난리도 아니었다. 300보 정도까지는 길게 자란 초지였고, 그 너머는 본래 숲이 자리하고 있었는지 부러지고 부서진 나무의 잔해가 어지럽게 흩어져 있었다.

지름만 4미터가 넘는 거대한 그루터기에 남은 흔적을 보니 골드그리핀의 짓이 틀림없었다. 울창한 숲이 거구인 놈들의 움직임을 방해하니 나무들을 모조리 부숴 버린 것이다.

덕분에 가온 일행의 시야는 좋았다. 그래서 마침 게이트를 향해 몰려들고 있는 오크들을 볼 수 있었다.

'저놈들이 밖으로 나왔으면 골치가 아팠겠네.'

그냥 오크가 아니라 갈기족처럼 거대 늑대를 타고 있는 놈들이었다. 수는 대략 500여 마리로 사냥을 나온 것은 아닌 듯 암컷들도 섞여 있었다.

갈기족 전사들이 제국 측 전사들만큼 활약을 할 수 있었던 것은 탈것인 초원 늑대의 역할도 한몫했다.

초원이라는 환경에서는 탈것 전용인 전투마에 비해서 공격 능력까지 갖춘 초원 늑대가 유리했기 때문이다.

가온이 그런 생각을 할 때 오크들은 이미 그의 일행을 보고 빠르게 달려오고 있었다.

벌써 침을 질질 흘리는 놈들이 있는 것을 보면 확실히 던전의 생태 환경에 문제가 생긴 것 같았다.

'아무리 광대한 공간이라고 해도 고립이 된 상태이고 마기가 이렇게 농후한 곳이라면, 마수와 몬스터와 반대로 초식동물들은 빠르게 멸종할 수밖에 없어.'

더구나 이렇게 마기가 농후한 환경이라면 마수와 몬스터의 경우에는 긍정적인 영향을 받지만, 대다수의 동식물은 생장에 부정적인 영향을 받을 수밖에 없었다.

일단 나무나 풀부터 제대로 성장하지 못하고 있었다. 거칠고 격렬한 성질을 가진 마기는 생물의 정상적인 활동을 방해하는 것이다.

'마기에 적응하면 변종이 되는 거지.'

하지만 모두가 마기를 받아들여 변종이 되는 건 아니다. 그렇기에 던전이 오래 방치되면 변이를 일으킨 개체가 아니면 모두 마수와 몬스터의 먹이가 되어 멸종할 수밖에 없었다.

'그다음 단계가 바로 던전 브레이크지.'

마수나 몬스터라고 해서 모두 던전을 빠져나가려고 하는 건 아니다. 영역 확장이 필요한 놈들이 아니면 마기가 농후한 던전을 벗어날 생각을 하지 않는다. 놈들도 본능적으로 마기가 자신들에게 긍정적인 영향을 끼친다는 점을 알고 있었다.

즉 던전 브레이크는 식량이 부족해서 발생하는 현상이다.

가온이 그런 생각을 하고 있을 때 일행은 난리가 났다.

"온 랑, 어떻게 해요?"

아레오의 물음에 정신을 차려 보니 오크들은 이미 500보 정도 거리까지 달려온 상황이다.

정상적이라면 당장 던전을 나가 대기하고 있을 두 부족의 전사들과 함께 처리를 해야만 했다.

"여기서 처리를 해야겠네. 두 사람은 연계 마법을 준비해서 100보 안으로 들어오는 순간부터 활성화하고, 차링은 30보 안으로 들어오는 순간부터 구덩이를 만들어서 이동을 방해하도록 해! 나머지는 각자 자신 있는 수단으로 놈들을 공격할 준비를 해!"

가온의 지시에 아레오와 아나샤 그리고 차링은 곧바로 준비에 들어갔지만 야무와 쌍둥이는 어찌할 바를 몰랐다.

"야무와 토루는 활을 준비하고 바루는 투창을 준비하라고. 50보 안으로 들어오면 시작해!"

"넷!"

뜻밖의 상황에 어리바리했던 세 사람이 큰 소리로 대답을 하고 오크를 맞을 준비를 했다.

오크를 태운 거대 늑대의 선두가 200보 거리에 도달하는 순간 아나샤가 자신의 앞에 홀리포그 신성 마법을 발현하자 신성력이 마치 안개처럼 피어나기 시작했다.

"윈드블로!"

아레오의 풍계 마법이 신성 안개를 앞쪽으로 날려 보냈는데 여러 번 연습을 해서 그런지 균일한 농도로 부채꼴을 그리며 퍼져 나가기 시작했고 얼마 후 100보 거리까지 퍼졌다.

홀리포그는 농도가 옅어졌기 때문에 더 이상 안개처럼 보이지 않았지만, 그 안으로 들어온 거대 늑대부터 영향을 받았다.

멈칫!

뭔가 불길한 기운을 느낀 거대 늑대가 달리는 속도를 줄였지만 오크는 그 정도의 신성력에는 영향을 받지 않았는지 늑대의 옆구리를 조였다.

결국 오크를 태운 거대 늑대들은 순식간에 50보 거리까지 접근했는데, 거대 늑대가 워낙 크다 보니 일행의 시야는 놈들로 가득 찼다.

그때 가온이 앞으로 나서더니 대검을 앞으로 쭉 뻗었다.

순식간에 검신의 외부로 피어오르는 새하얀 검기.

"검기폭!"

검기가 대검을 빠져나가기가 무섭게 강렬한 빛과 함께 소리 없이 폭발했다.

슈슈슈슈슛!

낮지만 소름 끼치는 파공성과 함께 수만 개의 검기 파편이 부채꼴을 그리며 날아가서 오크를 태운 거대 늑대들을 덮쳤다.

"취익!"

일행의 시야를 가득 채웠던 거대 늑대들과 오크들이 비명과 함께 쓰러졌다. 그리고 얼마 후 놈들의 몸에서 붉고 푸른 피가 분수처럼 피어올랐다.

"헉!"

검기폭의 위력을 처음 견식한 야무와 쌍둥이는 자신도 모르게 잡았던 활과 창을 떨어뜨릴 뻔했다.

대검을 벗어난 검기가 폭발하자 한순간에 족히 100마리는 될 것 같은 거대 늑대와 오크들이 비명과 함께 죽어 버렸다.

심지어 놈들은 자신들이 왜 죽었는지는 모르는 듯 계속 움직이다가 몸에서 피를 분수처럼 분출했다.

하지만 놀라기만 할 수는 없었다.

"또 온다! 준비해!"

가온의 외침에 정신을 차린 세 사람은 어느새 동족의 사체를 밟고 자신들을 향해 달려오는 거대 늑대와 오크 들을 볼 수 있었다.

하지만 놈들이 가온 일행과 50보 거리 안으로 들어오는 순간 제대로 달릴 수가 없었다.

거대 늑대가 발이 닿는 곳에 깊은 구덩이가 생기거나 땅이 요동치고 심지어 땅이 질척거리는 늪으로 변해 버린 것이다. 차링이 실력을 발휘한 것이다.

"오크만 노려서 발사!"

가온의 명령이 떨어지자 야무와 토루는 활을 쏘기 시작했고 바루는 투창기를 사용해서 창을 날리기 시작했다.

어느새 복합궁을 꺼내 든 가온도 가세했다. 시위가 제대로 보이지 않을 정도로 화살을 빠르게 연사한 것이다. 짧은 순간 충분한 마나가 주입된 그의 화살은 거대 늑대의 눈 사이나 도약할 때 보이는 심장에 꽂혔다.

꽝!

화살은 거대 늑대의 몸에 박히는 순간 폭발하면서 가슴 부위나 머리통을 날려 버렸고, 타고 있던 오크들은 그 충격으로 날아가거나 바닥에 내동댕이쳐진 상태에서 급소에 화살이나 창을 맞고 숨이 끊어졌다.

신성 안개의 영향권에 들어온 거대 늑대와 오크는 뭔가 심령을 짓누르는 불길한 기운에 몸이 무겁고 달아올랐던 투기가 가라앉는다는 것을 느낄 수 있었다.

오크들은 고함을 질러 움츠러드는 몸을 펴고 투기를 재차 발산하면서 타고 있는 거대 늑대의 옆구리를 강하게 조여서 더욱 속도를 올렸다.

그렇게 달리던 놈들은 한순간에 앞서 달려가던 거대 늑대와 동족을 향해 날아오던 새하얀 빛이 폭발하고 난 후 전신에서 피 분수를 뿜어내며 무너지는 광경을 보았지만, 괴성을 질러 두려움을 분노로 치환하며 더욱 달리는 속도를 올렸다.

하지만 그 피 분수로 인해서 앞을 제대로 보지 못했던 거대 늑대들은 구덩이에 빠진 다리가 부러져 오크들을 내동댕이치거나 요동치는 대지로 인해 균형을 잃고 넘어졌다.

어떤 놈들은 배 부분까지 빠지는 진탕 때문에 옴짝달싹도 하지 못했다.

그때 날아온 화살과 창은 놈들의 급소를 정확하게 노렸고 비명과 함께 죽기 시작했다.

하지만 거대 늑대와 오크는 화살과 창으로는 빠르게 죽일 수 없을 정도로 많았다. 그래서 살아남은 200여 마리의 거대 늑대와 오크 들은 두세 번 도약을 하면 인간을 물어뜯을 정도로 가까이 접근했다.

그때 다시 가온의 대검을 빠져나간 검 형태의 새하얀 빛이 연속해서 폭발했다. 그리고 신성한 빛이 사라졌을 때는 움직이는 거대 늑대와 오크는 더 이상 없었다.

그 모습을 확인한 가온은 천천히 사체들이 바닥을 덮은 지역으로 걸어가면서 생각했다.

'역시 공중에서 쓸 때보다는 위력이 낮구나.'

그래도 검기폭의 위력은 대단했다. 다수의 상대, 그것도 신성력을 접하면 능력이 약화되는 마수와 몬스터가 상대일 경우 엄청난 효과가 있었다.

가온은 피가 흥건하게 젖은 사체 밭을 유유하게 돌아다니면서 파워드레인 스킬로 사체에서 빠져나온 마나를 마음껏 흡수했는데, 그 모습이 처음 보는 사람들에게는 무척 공포스러웠다. 꼭 전사의 사신(死神)처럼 보인 것이다.

아무리 강인한 정신력을 가진 전사라고 해도 붉고 푸른 뜨거운 피와 사체들이 널려 있는 곳을 저렇게 담담한 얼굴로 유유자적 걷지는 않는다. 피비린내는 물론이고 사체가 방출하는 죽음의 기운이 몸과 정신에 부정적인 영향을 주는 것이다.

그렇기에 가온을 쳐다보는 야무, 토루, 그리고 바루의 시선에는 복잡한 감정이 담길 수밖에 없었다.

가온은 그런 시선은 전혀 신경을 쓰지 않았다.

'확실히 던전이 좋아!'

던전 밖에서 파워드레인 스킬을 펼쳤을 때와 달리 엄청난 양의 마나가 해일처럼 들어오고 있었다. 거기에 상대가 겨우 오크에 불과한데도 1 레벨이나 올랐으니 만족스러울 수밖에 없었다.

그렇게 야무와 쌍둥이를 질리게 만든 가온은 아레오와 아나샤에게 전장 정리를 맡겼다. 정리라고 해 봐야 마정석을 적출하는 일이지만 말이다.

"한번 돌아보고 올게."

"정찰을 하려고요?"

역시 아레오와 아나샤는 바로 가온의 의향을 알아차렸다.

"설명을 듣긴 했지만 정보가 너무 적어서."

어느 정도 공략을 했으며 쓸 만한 정보가 많았을 텐데 아쉬웠다. 그래서 간단하게 던전에 대한 지도라도 작성할 생각이었다. 가능하다면 마수와 몬스터의 서식지에 대한 정보를 담고 싶은데 가능할지 모르겠다.

"알겠어요. 이곳은 저희에게 맡겨 두고 다녀오세요."

아나샤의 대답에 만족한 가온이지만 그래도 혹시 몰라서 바로 투명 날개를 장착하지는 않고 카오스에게 부탁을 해서 주위를 확인했다.

다행히 얼마 전 골드그리핀과 혼울프 무리가 나가서 그런지 게이트를 중심으로 대략 3킬로미터 범위에는 위험한 존재는 없었다.

"가까운 곳에는 위험한 놈들이 없으니까 너무 긴장하지 않아도 될 거야. 그리고 다시 오크와 같은 놈들이 나타나면 곧바로 나가도록 해."

"걱정하지 마세요, 온 랑. 우리가 알아서 할게요."

그래, 아레오와 아나샤라면 믿고 맡길 수 있었다.

가온은 곧바로 투명 날개를 눈에 보이게 장착한 후 하늘로 날아올랐다. 야무와 쌍둥이는 명령에 따라 마정석을 적출하느라 정신이 없어서 그의 비상 모습을 보지 못했다.

던전 천장까지 올라가서 매직아이 마법으로 아래쪽을 내려다보니 제국이 마족 던전이라고 명명한 곳은 엄청나게 광대한 공간을 가진 또 하나의 세상이었다.

'미국과 캐나다 전체를 합한 면적과 비슷할 것 같네.'

그래도 울창한 숲만 있는 것이 아니라 곳곳에 넓은 초지와 암반 지대 그리고 습지대와 강들이 있어 답답한 느낌은 없었다.

'게이트가 남쪽 끝에 있다고 치면 북쪽에는 고도가 낮아 보이는 산맥이 동서를 횡으로 가로지르고 있어.'

산맥 너머에는 침엽수로 보이는 나무들로 울창한 숲이 연속해서 펼쳐져 있었는데 눈에 들어오는 생물체는 별로 없었다. 아마 기온이 낮아서 생명 활동에 부적합하거나 부족한 먹이를 따라 대거 남하한 것 같았다.

산맥 아래의 경우에도 숲이나 초지 쪽에는 동물이 별로 보이지 않았지만, 습지대 근처에는 그나마 많은 동물이 눈에 들어왔다.

아마 초지를 무대로 살아오던 초식동물들은 이미 사냥을 당했을 테고 습지대 쪽으로 도망을 쳤을 것이다. 그곳의 동물들까지 사라지면 던전 브레이크가 발생할 테고.

옹고트가 말하길 제국의 마지막 공략에서 산맥을 앞두고 정찰대가 마족으로 추정되는 존재를 멀리서 목격했다고 하니, 보스를 잡으려면 꽤 오래 이동해야 할 것 같았다.

'그래도 산맥까지 초지와 습지대가 이어져 있어.'

해당 경로의 중간에 숲이 몇 곳 있었지만 큰 규모는 아니었다.

제국으로부터 받은 의뢰는 던전에서 나오는 마수와 몬스터의 토벌이다. 그러니 무작정 보스가 있는 곳을 향해 이동할 수도 없다.

'만약 우리가 보스를 향해 이동할 때 다른 방향으로 움직여 던전을 빠져나가는 놈들이 있으면 제대로 보수를 받지 못하는 것은 물론 초원에서 살아가는 수많은 생명이 학살당하겠지. 던전을 클리어하기 위해서는 보스 말고도 처리해야 할 숫자가 많기도 할 테고.'

그렇다면 방법을 달리해야 한다.

가장 좋은 전술은 압도적인 전력으로 사방에 널려 있는 마수와 몬스터 들을 해치우면서 이동하는 것이다.

'압도적일 수가 없다는 점이 문제인데.'

갈기족과 달리아트족에서 추가될 전사의 숫자는 대략 1만 전후다. 나름 선발 과정을 거칠 테니 일족에서 강하다고 자부하는 전사들이겠지만 그 정도 숫자로는 이 광대한 땅을 커버할 수가 없었다.

'그렇다면 일부는 남아서 게이트를 지켜야지.'

문제는 이제 막 알게 된 던전의 보상을 노리는 갈기족과 달리아트족이 그 임무를 맡으려고 하지 않을 거란 점이다.

'골치 아프네.'

이렇게 규모가 큰 던전에서 전력을 나누는 것은 위험했다. 마족이라면 가온 혼자서 감당할 수 있을지 자신할 수 없는 존재였다. 옆에서 도와줄 든든한 전력이 반드시 필요했다.

그래도 게이트를 막는 건 꼭 필요했다. 보상도 보상이지만 마수와 몬스터 들이 던전을 빠져나갈 수 있다는 사실을 알게 되면 초원을 무대로 살아왔고, 생존자들이 현재 모여 있는 거대한 거주지가 그리 멀지 않기 때문에 갈기족은 던전 공략에 집중할 수 없게 된다.

그때 벼리가 의념을 보내왔다.

-오빠, 엘프족 전사들을 이용하세요.

'그 생각을 안 해 본 것은 아니지만 그렇게 되면 추가 보상

예지몽으로
히든랭커

을 받기가 힘들지 않을까?'

　─단서 조항을 확인해 보니 생명의 아공간에 거주하는 존재는 포함되지 않는 것 같아요. 오빠가 길들인 플라위스들도 마찬가지고요.

　'그런가?'

　가온은 의뢰의 단서 조항에 대한 내용을 떠올렸다.

　─추가로 성과를 확대하고자 한다면 의뢰 해결에 있어서 해당 차원에서는 존재하지 않는 능력인 정령을 소환하는 능력과 매직 아이템 사용을 최소한으로 하십시오.

　'그러네.'

　문제가 되는 것은 정령과 매직 아이템의 사용이다.

　그럼에도 불구하고 시간을 줄이기 위해서 카오스와 투명 날개는 어쩔 수 없이 사용했지만 생명의 아공간과 관련된 내용은 전혀 없었다.

　그렇다면 게이트를 엘프족에게 맡기면 된다. 마침 사령술사들도 있으니 언데드도 적당히 꺼내 놓으면 게이트를 향해 움직이는 놈들을 상대할 때 도움이 될 것이다.

　'좋아!'

　이제 어떻게 이 던전을 공략해야 할지 결정했으니 남은 것은 지도 제작이다. 특히 보스인 마족이 있을 것으로 예상되는 산맥 중앙 쪽을 중심으로 지형을 자세하게 눈에 담았다.

당연히 이런 정보는 벼리가 정리를 해서 지도로 만들어 줄 것이다.

그걸로 끝이 아니다. 낮게 선회 비행을 하면서 게이트를 중심으로 서식하는 마수와 몬스터 들을 정찰했다.

'숲은 뿔이 돋아난 오우거와 트롤, 초지는 베헤모스로 추정되는 거대한 마수와 혼울프, 저습지는 나가와 리자드맨, 그리고 경계는 다크오크가 장악했군.'

일반적인 놈들이 대부분이지만 마기를 받아들여 변이를 일으킨 놈들도 꽤 많이 보였다.

마기로 인한 변종의 특징은 바로 뿔이었는데 제대로 흡수하지 못한 마기를 저장하는 장소로 추정했다.

던전을 지키던 제국의 전사단이 가장 많이 상대했다는 고블린과 오크는 별로 보이지 않는 것으로 보아 천적들에게 쫓겨 던전을 나갔거나 잡아먹힌 것 같았다.

초입에서 조금 떨어진 곳에는 베헤모스로 추정되는 거대한 마수가 있었고 5천 마리 규모의 혼울프들도 두 무리나 보였다.

습지의 경우 나가 무리가 눈에 띄었는데 그중 몇몇은 엄청나게 크거나 인간의 외형을 한 것들도 있었다.

초식동물의 종류는 다양했지만 생각보다 수가 많지는 않았다. 초식동물들은 강이나 저습지 주위의 초지나 숲에 서식하고 있는데, 눈에 보이는 숫자로는 마수는 물론 몬스터들의 먹이로 충분하지 않았다.

위쪽으로 올라가자 가장 먼저 눈에 들어온 것은 바로 비행 마수들이었다.

던전의 북쪽에 있는 산맥을 따라서 그리핀, 골드그리핀, 와이번, 하피가 제 영역을 구축한 상태로 공존하고 있는데, 숫자가 제법 많아서 이동할 때 주의해야 할 것 같았다.

그러다가 암벽으로 이루어진 몇 개의 산을 살펴볼 때 매우 특이한 비행 마수를 발견했다.

'동굴형 던전도 아닌데 가고일이라니!'

조인족처럼 새의 날개를 가진 인간형 괴수인 가고일은 뾰족하고 날카로운 부리가 있는 얼굴이 매우 추악했는데, 몸이 돌처럼 단단하고 주로 동굴형 던전에서 석상의 형태를 하고 있다가 진입한 탐험가를 죽이곤 한다.

'마수와 몬스터의 종합시장이네.'

그 정도에 그쳤으면 좋으련만 산맥의 중앙부에 가까이 접근하자 가장 처치하기 곤란한 존재들이 보였다.

'언데드가 무지하게 많네.'

스켈레톤부터 시작해서 구울과 좀비 심지어 제 머리통을 옆구리에 끼고 다니는 듀라한도 보였다. 유령마는 물론이고 유령마를 타고 있는 데스나이트까지 보일 정도이니, 이 던전의 보스인 마족이 그 부근에 있는 것은 확실했다.

무엇보다 던전이 방출하는 마기의 근원지가 바로 산맥의 중앙부였다. 그곳에서 농후한 마기가 뿜어져 나와 사방으로 확산되고 있었다.

준비가 되지 않은 상태에서 마족을 경동시키지 않기 위해서 더 가까이 접근하지는 않았지만, 마족만 제대로 소멸시키면 던전이 소멸되지 않더라도 마기는 더 이상 방출되지 않을 것 같았다.

'일단 오늘은 여기까지.'

던전에 대한 개략적인 정보는 확보했으니 이젠 전술을 더욱 깊이 파고들어야만 했다.

가온은 빠르게 일행이 있는 게이트 쪽으로 복귀했다.

생명의 아공간

가온이 돌아온 시간은 던전 기준으로 흐릿하게 형체만 보이는 해가 질 무렵이었다.

일행은 게이트 부근이 아니라 숲 경계로 이동해 있었다. 물론 마정석의 적출 작업은 마친 상태였다.

"별일 없었지?"

"무리에서 쫓겨난 것으로 보이는 오크 수십 마리가 가까이 접근하기는 했지만 별일 없었어요."

아나샤가 사람들을 대표해서 보고했는데 그 오크들은 당연히 처리했을 것이다.

"이쪽으로 향하는 오크 무리가 있기는 하지만 이곳과는 꽤 거리가 있으니 최소한 며칠은 걱정할 필요가 없어."

가온도 돌아오는 길에 1천 마리 이상의 오크들이 몰려 있는 네 무리를 확인했는데, 인간의 걸음으로 이틀에서 닷새 정도 거리에 있었다. 그 무리는 검은 뿔을 가진 트롤과 오우거에 쫓기고 있었다.

가온은 혹시 몰라 이삼일 정도면 게이트에 도착할 한 무리를 사냥하기로 하고 투명 날개와 검기폭을 제대로 활용해서 마침 모여 있던 오크들의 몸에 수십 개의 구멍을 내 주는 것으로 처리를 했다.

운 좋게 급소를 피한 놈들은 마나탄으로 처리를 해야 했지만 정리하는 데 걸린 시간은 불과 5분도 되지 않았다.

"어땠어요?"

가온은 아레오의 물음에 경악한 얼굴로 멍하니 자신을 바라보고 있는 야무와 쌍둥이를 손짓으로 불렀다.

마정석을 적출하느라 그들은 가온이 투명 날개를 장착하고 날아오르는 모습을 보지 못했기에 귀환하는 모습을 보고 잠시 넋이 나간 것이다.

"일단 던전의 개략적인 지형은 이런 모습이야."

가온은 얼마 전 차링이 뒤집은 것으로 보이는 맨땅에 나뭇가지로 지도를 그리며 설명을 시작했다.

"베헤모스와 비행 마수들 그리고 보스인 마족과 언데드를 제외하면 크게 우려할 놈들은 없는 것 같아."

"그건 다행이지만 마족을 제외하더라도 사냥해야 할 놈들이 너무 많네요. 보스를 제외한 놈들 중 얼마를 사냥해야 할까요?"

던전을 입장할 때 나타나는 홀로그램은 이계인인 가온에게만 보이기 때문에 이 차원 사람들은 클리어 조건을 정확하게 알지 못했다. 그러니 굳이 아는 티를 낼 필요는 없었다.

"절반 정도는 사냥해야 할 거야."

"하아! 정말 빡세네요."

언젠가 가온이 한 번 그런 소리를 했더니 제대로 써먹는 아레오였지만 말과 달리 얼굴은 자신감이 가득했다.

"그럼 이제 나갈 건가요?"

던전에 대한 정보를 어느 정도 파악했으니 더 이상 안에 머무를 필요는 없기에 당연한 질문이었다.

"아니, 잠시 쉬었다가 저녁 식사를 한 후에 자정이 넘어서 나가자고."

"그럴 이유라도 있나요?"

"아나샤와 확인할 게 있어."

"아!"

아나샤는 살짝 얼굴을 붉혔고 그 모습을 본 아레오가 고개를 끄덕였다.

이전에 들어갔던 던전에서 신성력과 관련된 문제가 발생했고, 어떻게 해결했는지 그녀 역시 알고 있었기 때문이다.

"그럼 숙영 준비를 할까요?"

"어차피 확인이 끝나면 나갈 거니까 그냥 나무 위에 쉴 자리를 마련하도록 하지."

가온의 말을 들은 아레오는 아직도 멍한 얼굴로 가온만 쳐다보고 있는 세 사람에게 의논한 사항을 알려 주었다.

가온 일행은 곧 주위에 있는 나무 위로 올라가서 무성한 나뭇가지를 활용해서 쉴 공간을 만들었다.

쌍둥이가 좀 버벅거렸지만 먼저 쉴 공간을 만든 차링과 야무가 그들을 도왔고 저녁도 나무 위에서 간단하게 해결했다.

두 명씩 나무에 올라간 야무와 차링 그리고 쌍둥이는 얼마 후 잠이 들었다.

던전에 들어오면서 잔뜩 긴장을 한 상태에서 오크들을 상대하며 과도한 심력을 소모했기 때문이다.

혼자서 튼튼한 쉴 장소를 만든 가온은 아레오와 아나샤와 함께 머물렀는데, 두 사람은 갓상점에 볼일이 있었다.

그동안 뤼나웜 사냥을 하고 가온에게 받은 금화를 갓상점을 통해 명예 포인트로 환전한 두 사람이 마침내 500포인트씩을 채운 것이다.

아레오는 한동안 갓상점을 검색하면서 골라 두었던 중급 마력 서킷을 구입했고, 아나샤는 신성력으로 이루어진 바람을 생성할 수 있는 홀리윈드를 골랐다.

홀리윈드로 인해서 아나샤는 더 이상 아레오의 도움을 받을 필요가 없어졌고 신성력을 좀 더 넓게 활용할 수 있게 되었다.

아나샤는 가온의 조언에 따라 나무 아래로 내려가서 신성력이 모두 소진될 때까지 홀리윈드를 반복해서 수련했는데, 처음 익힌 것치고는 홀리윈드의 유효 거리가 상당히 길었다. 숲에서는 30미터, 개활지에서는 100미터 가까이 원하는 방향으로 날아갔다.

신성력을 모두 소진한 아나샤를 안고 나무 위로 올라온 가온은 마력 서킷을 운용하는 아레오를 지켜보면서 자신 역시 명상부터 시작해서 음양신공과 마력 서킷을 운용해서 소모한 마나와 마력을 채웠다.

얼마 후 명상을 시작으로 기도를 시작한 아나샤가 환한 얼굴로 가온에게 반가운 소식을 알려 왔다.

"온 랑, 돼요!"

"다행이네."

이전에 들어갔던 던전은 우트 신의 신력이 미치지 못하는 장소라서 신성력이 회복되지 않아서 잠시 크게 놀랐던 아나샤였다.

이렇게 되면 신성력을 최대한으로 사용할 수 있어 던전을 공략하는 데 큰 도움이 될 것이다.

확인할 것을 모두 확인한 가온 일행은 비로소 게이트를 빠져나왔다.

그날 밤, 일찍 잠자리에 들어 뜨거운 행위를 나눈 가온은 앞으로 떨어져서 살 수가 없다는 확신이 들 정도로 사랑하게 된 두 여인에게 그동안 미루었던 자신의 진정한 정체에 대한 얘기를 해 주었다.

의뢰 달성이 이젠 눈에 보이니 더 이상 미룰 수가 없었다.

당연히 아레오와 아나샤는 한동안 멍한 얼굴로 아무 말도 하지 못했다. 한 번에 받아들이기에는 너무 충격적이고 상식을 초월하는 내용이었기 때문이다.

한참 후에야 두 여인의 눈에 총기가 돌아왔다.

"그러니까 온 랑은 다른 차원에서 우리 차원의 문제를 해결하기 위해 신들의 초청을 받고 온 건가요?"

"맞아."

그렇게 생각해도 무방하다. 누가 왜 이런 의뢰를 주고 보상을 지급하는지는 모르겠지만.

"그럼 의뢰를 해결하면 온 랑이 원래 살던 세상으로 돌아가는 건가요?"

그렇게 묻는 아나샤의 눈은 어느새 촉촉하게 젖어 있었다. 기억하는 순간부터 우트의 종으로 신실하게 살아오다가 나이 마흔이 넘어서야 겨우 만난 운명의 사랑이고 그를 통해서 인간이 누릴 수 있는 긍정적인 감정을 모두 느낄 수 있었다.

사랑에 빠진 후 그녀는 단 한 번도 그의 곁을 떠난다는 생각을 하지 않았다. 아니, 못했다. 그렇게 되면 자신은 더 이상 살아도 산 것이 아닐 테니까.

그건 아레오 역시 마찬가지였는지 초조하고 불안한 얼굴로 가온의 대답을 기다리고 있었다.

"두 가지 방법이 있어."

두 여인은 그게 무엇인지 물어볼 생각도 하지 못했다. 너무나 불안했기 때문이다.

"하나는 일단 내가 사는 차원으로 건너갔다가 어떤 수를 쓰더라도 다시 이곳으로 건너올 방법을 찾는 거야."

말은 이렇게 했지만 사실 가능성이 별로 없었다. 한 번에 불과하지만 차원 이동을 할 때 발생했던 현상을 생각하면 이곳을 지정해서 오는 것은 어려웠고, 또한 이곳에 또 다른 문제가 생겨도 의뢰를 자신이 맡을 거라는 보장은 없었다.

"다른 하나는 당신들이 내게 예속되는 거야."

"예속요?"

"나와 예속 계약을 하는 거야. 당신들이 내게 예속되면 내 영혼과 이어진 생명의 아공간으로 들어갈 수 있어. 그리고 언제 어느 곳이든 내가 불러내면 나올 수 있어. 편법이긴 하지만 언제든 함께할 수 있는 거지."

"할게요!"

"당장 계약해요!"

두 여인은 내용을 충분히 설명하지 않았음에도 불구하고 함께할 수 있다는 말에 격렬한 반응을 보였다.

"시간이 있으니 충분히 생각을 한 후에 결정해도 돼."

"아니요. 굳이 그럴 필요가 뭐 있어요. 온 랑과 함께할 수 있으면 다른 것은 아무 상관이 없어요!"

"저도 그래요. 당신과 절대로 떨어지고 싶지 않아요!"

이제 막 사랑을 시작했고 짧은 시간임에도 진심으로 가온을 사랑하게 된 두 여인은 굳이 심사숙고할 필요가 없었다.

가온은 나중에 후회할 수도 있으니 신중하게 생각하고 결정하라는 말을 하고 싶었지만 두 사람의 눈을 보고 그 마음을 접었다.

'나도 아레오와 아나샤와 헤어지고 싶지 않아.'

심지어 요즘에는 두 사람과 헤어지고 싶지 않아서 의뢰를 아주 천천히 수행할 생각까지 하고 있을 정도였다.

"좋아, 그렇게 해."

"그런데 생명의 아공간은 어떤 곳인가요?"

"이름만 들어서는 생명체가 살 수 있는 아공간으로 들리네요."

가온은 생명의 아공간에 관심을 보이는 두 여인에게 상세한 얘기를 해 주었다.

"그곳에 다른 차원의 던전에서 살던 엘프족과 모라이족이 거주하고 있다고요?"

"응. 던전이 클리어되면 그들이 어떻게 될지 알 수 없어서 논의 끝에 생명의 아공간으로 이주하기로 했어."

"대체 얼마나 크기에요?"

"아주 넓어서 족히 수백만은 거주할 수 있는 공간이야. 그리고 마나의 농도가 짙어서 생명체는 물론이고 식물들도 아주 잘 자라지."

"그럼 우리도 거기로 넘어가면 살 곳이 있는 거죠?"

"당연하지. 일단 한번 가 볼래?"

"가고 싶어요!"

"어떤 곳일지 너무 궁금해요!"

가온은 사랑하는 두 여인이 자신의 의견에 순순히 따라 주는 것이 너무 기뻤다.

'헤어지지 않아도 돼!'

지금은 그것이 가장 중요했다.

아레오와 아나샤를 대상으로 예속 계약을 맺은 가온은 곧바로 생명의 아공간으로 건너갔다.

좌표는 생명의 아공간 중앙에 있는 세계수로 고정되어 있기 때문에 바로 에르넬을 포함한 엘프족 원로들을 볼 수 있었다.

"어서 오세요!"

"오랜만에 오셨네요."

늘 그렇듯 모여 있는 원로들이 가온을 반겼다.

"별일은 없었지요?"

"이곳이야 늘 평화로운 곳이니 별일이 있을 리가 없지요."

아니다. 에르넬 원로의 대답과 달리 커다란 변화가 있었다.

"오! 벌써 저기까지 목축이 가능한 땅으로 가꾼 겁니까?"

얼마 전에 왔을 때만 해도 푸릇푸릇한 풀이 올라오던 곳에 가축들이 보였다.

"부지런하고 성실한 모라이족 덕분입니다."

대단했다. 엘프족에 비해서 인구가 현저하게 적음에도 불구하고 모라이족은 타고난 농사꾼인 듯 빠른 속도로 황무지를 초지로, 초지를 목축지로 바꾸고 있었다.

"다음에 방문하시면 더 놀라실 거예요. 지금도 이곳 주민들이 수백 년은 먹을 수 있는 곡물과 과일이 생산되고 있는데, 저곳에 본격적으로 목축을 시작하면 육류까지 넘칠 정도로 얻을 수 있을 거예요. 그냥 풀이 아니라 다양한 종류의 허브들이니 약재까지 얻을 수 있거든요."

어린 세계수를 제외하고는 보이는 나무가 없어서 이상하다 싶었더니 목축을 위한 초지로 개발하고 있는 모양이다.

"모두 수고가 많았습니다."

초지야 세계수의 권능이 작용되었다고 하지만 목축이나 약의 재료로 쓸 다양한 허브들을 관리하고 가꾸는 것은 엘프족과 모라이족이다.

"별말씀을요. 우리는 이런 풍요로운 땅을 저희에게 주신 온 님에게 항상 감사하고 있어요."

에르넬의 마음을 담보하기라도 하듯 원로들이 모두 진심을 담아 고개를 숙여 인사를 해 왔다.

"여러분이 아니었으면 황무지였을 곳입니다. 저야말로 고맙지요."

"그런데 이 두 분은?"

아까부터 아레오와 아나샤에게 관심을 보이던 로데나 원로가 조심스럽게 물었다.

"제가 사랑하는 여인들입니다. 아레오, 아나샤, 이분들은 생명의 아공간을 관리해 주고 계시는 엘프족의 원로분들이야."

"온 랑으로부터 여러분에 대한 말은 많이 들었어요. 마법사인 아레오라고 해요."

"우트 신을 모시는 아나샤라고 해요. 온 랑을 도와주셔서 정말 감사해요."

가온이 사랑하는 여인이라고 소개를 하자 엘프족 원로들의 관심이 아레오와 아나샤에게 쏠렸다.

"반가워요. 저는 새벽이슬 일족, 아니, 엘프족의 원로인 에르넬이라고 해요. 참으로 온 님과 잘 어울리는 분들이군요."

"엘프족 원로인 로데나라고 해요. 외면은 물론 영혼까지

맑고 강한 것이 온 님에 어울리는 분들이네요."

"데이린이라고 해요. 밖에서 두 분이 온 님을 챙긴다고 생각하니 안심이 되네요."

엘프족 원로들은 놀라는 얼굴이었지만 두 사람을 반갑게 맞이해 주었다.

원로들은 인사를 하면서 칭찬과 덕담을 아끼지 않자 다소 긴장했던 아레오와 아나샤의 얼굴도 빠르게 풀렸다.

그렇게 엘프족 원로들과 인사를 나눈 후 어린 엘프들이 끓여 온 백화차를 마시며 다시 대화를 시작하려고 했을 때 가온이 기다렸던 손님들이 달려왔다. 아니, 날아왔다.

"온!"

"주인님!"

정령들과 앙헬이었다.

마누부터 시작해서 녹스, 카오스, 카우마. 그리고 앙헬이 그의 품으로 날아와 안겼다. 모둔은 지금 게이트에서 가온이 부탁한 일을 하고 있어서 소개할 수가 없었다.

"어이쿠!"

마누와 녹스, 카오스, 카우마, 앙헬은 이곳에서는 정령체가 아니라 실체를 가지고 생활하고 있었기에 날개를 빼면 인간 여자와 동일한 외모와 몸집을 가지고 있었다.

그래서 가온에게 안기는 정령들을 본 아레오와 아나샤의

눈빛이 묘하게 변했다.

　가장 늦어서 가온의 손을 겨우 잡은 카우마도 그동안 능력을 완전히 되찾았는지 혈색이나 표정이 다른 정령들과 비슷했다.

　"칫! 카오스 언니만 불러 주고 너무해!"

　"우리도 나가고 싶다고!"

　"그게 다 내 능력 덕분이야. 그러니 너희들도 부지런히 능력을 갈고닦으렴."

　"헤헤! 그래도 내가 가장 많이 나가지룽!"

　다섯이나 되는 정령과 마족이 떠드니 무슨 말을 하는지도 알아듣지 못할 정도로 시끄러웠다.

　"잠깐. 너희들도 알지. 아레오와 아나샤야."

　영혼이 이어져 있는 앙헬과 정령들은 가온과 가장 가까운 존재라고 할 수 있었다.

　당연히 실시간으로 가온의 행동을 보고 들을 수 있기에 두 여인을 모를 리가 없었다.

　"반가워. 나는 녹스라고 해."

　"나는 카오스야. 도움이 필요하면 언제든 말해."

　녹스를 시작으로 앙헬까지 자신을 간단하게 소개하면서 인사를 나누었는데, 어째 분위기가 좀 묘했다.

　'마누와 카우마를 빼고는 왜 견제를 하는 거 같지?'

　녹스와 카오스 그리고 앙헬은 왠지 아레오와 아나샤를 불편하게 느끼는 것 같았다.

하지만 이내 그런 기색이 사라지고 두 여인과 마치 몇 년은 만난 것처럼 친숙하게 대화를 나누었기에 가온도 더 이상은 신경을 쓰지 않았다.

그러는 사이에 소식을 들은 모라이족 지도자들이 모여들었다.

"알름 족장님, 잘 지내셨습니까?"

"어서 오십시오. 저의 일족이야 온 님 덕분에 모두 만족하며 행복하게 지내고 있습니다. 저희는 잘 성장하는 작물과 가축과 강한 교감을 할 수 있고 그들로부터 활력과 생명력을 전해 받거든요."

그래서 작물을 잘 재배하고 가축을 잘 기르는 모양이다.

"모라이족이 아니었으면 이 땅을 이만큼 가꾸지 못했을 겁니다. 아주 고생이 많아요."

에르넬이 끼어들어 칭찬을 하자 알름을 비롯한 모라이족 사람들이 환하게 웃었다.

"오늘까지 거둔 허니비 꿀과 로열젤리의 양이 어마어마합니다. 아마 온 님도 많이 놀라실 겁니다. 허니비와 친구가 된 모라이족의 손길이 닿은 후부터 허니비의 숫자가 급증한 것은 물론 꿀과 로열젤리의 생산량이 그야말로 폭증했습니다."

"하하하. 모두 엘프족이 거들어 준 덕분입니다."

데루나 원로의 칭찬에 알름 족장은 민망해하면서도 은근

한 기쁨의 감정이 담긴 너털웃음을 터트리며 공을 엘프족과 나누었다.

"그래, 필요한 건 더 없습니까?"

"종자가 더 필요합니다."

"저희는……."

가온의 말을 기다리기라도 한 것처럼 엘프족과 모라이족이 원하는 사항을 말했고, 가온은 꼼꼼하게 기록했다. 수량이 꽤 많기는 했지만 어려운 일은 아니었다.

그렇게 얘기가 어느 정도 끝나 갈 무렵 뒤늦게 소식을 들은 엘프족 대전사장들이 몰려왔다.

"온 님!"

가장 먼저 달려온 이는 시르네아였다.

"오! 성장했군."

"호호호. 바로 알아보시네요."

엘프족의 대전사장 열 명은 오러블레이드를 자연스럽게 사용할 수 있는 소드마스터 중급이 되었는데 놀랍게도 시르네아와 데루나는 거기서 한발 더 나아간 상태였다.

"이게 모두 온 님 덕분입니다. 꾸준히 허니비 꿀을 복용하고 갓상점에서 구입한 상급의 마나 연공술과 검술을 수련했습니다."

시르네아와 함께 가장 강한 전투력을 지닌 데루나의 기도는 마치 거대한 고목처럼 장중하게 변했다.

그들이 직접 가르치고 있는 대전사장 열 명도 소드마스터 초급이었지만 중급을 앞두고 있어 그동안 얼마나 수련을 했는지 알 수 있었다.

사실 이런 비약적인 성장은 결코 쉬운 일이 아니다. 엘프족 대전사장들의 경우 수련할 시간은 충분했지만 강자와의 실전 경험이 부족했기 때문이다.

하지만 가온 덕분에 던전 공략에 합류해서 갓상점의 접속 권한을 얻고 명예 포인트를 획득한 것이 성장에 핵심적인 역할을 했다.

갓상점을 통해서 수준 높은 마나 연공술과 자신에게 맞는 고급 검술을 익힐 수 있었다.

"다들 많이 발전했겠군요?"

"물론입니다. 전사장은 대부분 검기 숙련자 경지에 도달했고 전사들은 전원 검기 사용자 경지입니다. 예비 전사 2천여 명 중 절반은 검기에 입문해서 조만간 전사로 승격을 시킬 예정이고 나머지 절반은 검광 숙련자입니다."

전사들의 교육을 책임지고 있는 데루나가 뿌듯한 얼굴로 보고했는데, 참으로 대단한 성장의 결과였다.

"안 그래도 여러분의 힘이 필요했는데 정말 잘됐습니다."

"던전인가요?"

시르네아가 눈을 빛내며 물었다.

"그렇습니다. 점보 던전과 같은 등급으로 공략을 하는 동안 게이트를 지킬 전력이 필요합니다."

"전부 다 동원해도 될까요?"

"안전을 위해서 검기에 입문한 전사까지만 동원하도록 하지요."

검광 숙련자는 몰라도 검기 입문자 이상은 게이트를 나가려는 마수와 몬스터들을 효율적으로 처리할 수 있을 것이다.

"저희에게 좋은 기회를 주셔서 정말 감사한데 대전사장 중 절반 정도는 온 님을 따르고 싶어요."

"공략에 참여하려고요?"

"가능하면요."

이미 갓상점의 유용함을 알고 있으니 사람이라면 욕심이 날 수밖에 없었다.

"좋습니다. 대전사장 열 명에 전사장 100명, 전사 300명을 따로 선발해 주십시오. 마기가 짙은 던전에서 서식해 왔기 때문에 마수나 몬스터의 등급이 높다는 점을 고려해서 선발해야 할 겁니다. 공략에 성공하면 게이트를 지키는 쪽도 상당한 업적을 세울 수 있을 테니 너무 욕심을 낼 필요가 없습니다. 그 점을 전사들에게 주지시켜 주고 사흘 후에 출동할 테니 준비를 해 둬요."

갑자기 합류할 엘프족 전사들 때문에 갈기족은 몰라도 달리아트족은 당황하겠지만 그건 큰 문제가 되지 않았다.

"명심해서 선발할게요."

"그리고 엔릴과 사령술사들도 필요합니다."

"안 그래도 언제 활약을 하냐고 기다리는 중인데, 좋아하겠네요."

이곳에서는 사령술사가 활약할 기회가 전혀 없었다. 그렇다고 일반 전사들처럼 수련을 제대로 할 수 있는 것도 아니니 더욱 전장이 그리울 것이다.

엘프 대전사장들과의 얘기가 일단락된 후 가온은 아직도 이곳의 거주민들과 담소를 나누는 아레오와 아나샤를 불러 소개를 했다.

그때 알름 족장이 눈치를 보다가 슬쩍 말을 건넸다.

"온 님, 오늘은 식사를 하고 가실 생각입니까?"

"그럴 생각입니다."

그럴 생각을 하고 넘어온 것은 아니지만 모처럼 난 시간이니 그래도 된다.

"그럼 저희가 음식을 준비하겠습니다."

"하하하. 모라이족 사람들이 요리를 아주 잘해요. 특히 허브를 혼합해서 만든 감미료와 향신료가 맛을 몇 단계나 올려 주기 때문에 한번 먹으면 밍밍한 우리 음식은 한동안 먹기가 힘들 정도지요."

그냥 하는 소리가 아닌지 에르넬은 그렇게 말하면서도 마른침을 넘길 정도였다.

"기대가 되는군요."

"그 전에 드릴 것이 있어요."

에르넬은 미리 준비한 아공간 주머니를 내놓았는데 그 안에는 허니비 꿀과 로열젤리를 비롯해서 이곳에서 주조한 와인과 맥주 그리고 와인을 재료로 만든 위스키들이 그야말로 산더미처럼 들어 있었다.

"이것과 비슷한 양을 얼마 전에도 받은 것 같은데요."

"그때는 준비 중이라서 미처 못 드린 것들과 그사이에 준비한 것입니다. 그리고 이건 저희가 준비한 겁니다."

알름 족장도 아공간 주머니 하나를 주었는데 안을 확인해 보니 무기가 들어 있었다. 화살, 볼트, 창, 검, 도, 도끼 등 다양한 종류의 무기들이 아공간을 가득 채우고 있었다.

"이건?"

이곳은 아직 광물을 채굴하지 않았다. 물론 제철소나 제련소 그리고 대장간 시설도 없었다.

"저희 일족은 특별한 기구가 없어도 혼합물에서 원하는 물질만 추출할 수 있는 능력을 지니고 있습니다. 그렇게 추출한 물질로 원하는 물건을 만들 수도 있고요."

"도구가 필요 없단 말입니까?"

"네. 다행하게도 이곳의 흙에는 광물질이 아주 많이 섞여 있습니다. 특정 지역에는 적철을 함유한 돌들도 많았고요. 대신 해당 능력을 사용해서 작업을 하려면 시간도 많이 걸리고 정신력이 많이 소모됩니다."

모라이족과 접했을 때 들었던 내용이기는 하지만 정말 가능한 능력인지는 몰랐다.

처음 접하는 초능력이다.

'대체 이런 능력을 가지고 있으면서 왜 그런 고초를 당한 거지?'

어이가 없었지만 모라이족의 인구가 너무 적기도 했고 이들은 남과 싸우려는 투쟁심이 원래 적어서 다툼보다는 평화를 위해 스스로 물러서는 성향을 가지고 있었기에 그런 일이 벌어진 것이다.

아무튼 화살이나 볼트는 소모품으로 많으면 많을수록 좋았기에 아주 고맙게 받았다.

"고맙게 잘 쓰겠습니다. 그런데 장도(長刀)가 필요한데 만들 수 있겠습니까?"

문득 떠오른 생각이 있어서 그렇게 물었다.

"어떤 형태인지 알 수 있을까요?"

"말처럼 탈것 위에서 휘두를 수 있는 도입니다. 나무로 만들어도 되는 자루의 길이는 대략 1미터이고 날 부분 역시 그 정도는 되어야 할 것 같네요."

가온은 바닥에 대강의 형태를 그리면서 설명을 했다.

"자루를 나무로 할 경우 결합 부분에만 신경을 쓰면 되겠군요. 나무야 널린 것을 쓰면 되지만 적철석에서 철을 추출하는 작업은 오래 걸립니다."

"철괴만 있으면 만들 수 있습니까?"

"네. 저희 일족의 능력을 사용하면 굳이 녹이고 모양을 잡는 작업이 필요 없으니까요."

가온은 곧바로 아공간에서 철괴 수십 상자를 꺼내 주었다.

"잠깐만요."

알름은 그 자리에서 철괴들을 손으로 만져 마치 찰흙처럼 한 덩어리로 뭉치더니 이내 가온이 원하는 칼 모양으로 만들었다.

"이 정도면 될까요?"

"……대단하군요."

정말이지 대단한 능력이다. 용광로도, 망치도 없이 이렇게 간단하게 도신만 1미터에 이르는 긴 칼을 만들어 내다니.

"제대로 만들려면 다양한 금속이 필요한데 주어진 철괴로만 만들어서 강도나 예기가 약합니다."

급하게 쓸 것이니 이 정도로도 충분했다.

그래도 혹시 몰라서 자신이 가지고 있는 다양한 금속 괴를 꺼냈더니 알름이 크게 기뻐했다.

"이 정도면 꽤 괜찮은 물건들을 만들 수 있습니다."

"지금은 굳이 좋은 물건을 만들 필요가 없습니다. 방금 만드셨던 도의 경우 하루에 얼마나 만들 수 있습니까?"

"능력을 제대로 발휘하려면 집중력과 심력 소모가 좀 큽니다. 이런 작업이 가능한 일족도 채 40명이 안 되고요. 그래도 최선을 다하면 하루에 2천 개는 만들 수 있습니다."

그렇다면 한 사람이 하루에 50개를 만들 수 있다는 소리였다. 새삼 모라이족의 능력이 얼마나 사기인지 확인할 수 있었다.

"그럼 넉넉하게 1만 개만 부탁합니다."

그럼 5일이 걸리지만 그건 생명의 아공간의 시간 흐름을 빠르게 조정하는 것으로 해결할 수 있었다.

"맡겨만 주십시오. 안 그래도 이렇게 안전하고 풍요로운 땅에서 살 수 있게 해 주셨음에도 보답할 일이 없어서 마음이 불편했는데 일거리를 주셔서 감사합니다."

가온은 급하게 일을 맡겨서 마음이 불편했는데 알름은 오히려 미소를 지으며 고마워했다.

준비 완료

초원 늑대와 전투마를 타고 사용할 수 있는 위력적인 무기를 확보하는 데 성공한 가온은 자신도 모르게 만족스러운 얼굴이 되었다. 갈기족과 달리이트족의 전력이 크게 높아진 것이다.

그때 알름 족장이 조심스럽게 입을 열었다.

"그리고 아까 말씀하시는 것을 들으니 던전을 공략한다고 했는데 저희 전사들이 끼어도 될까요?"

"모라이족 전사들이 말입니까?"

인구 자체가 적은 데다가 대부분 농사와 목축을 하고 있다고 알고 있었기에 가온은 의아할 수밖에 없었다.

"숫자는 적지만 드워프의 피를 이은 만큼 강한 근력과 손재주를 가지고 있어서 방해가 되지는 않을 겁니다."

"그렇다면 당연히 함께해야지요. 얼마나 됩니까?"

"많지는 않습니다. 45명이고 기계궁을 쏘며 근접 전투 시에는 주로 두 개의 워액스를 사용하는데, 엘프 기준으로 하면 검기 입문자 이상의 실력을 가지고 있습니다."

알름이 군이 얼마 되지 않는 일족의 전사들을 던전 공략에 합류시키려는 이유는 실전 경험 때문이다. 이전 세대의 전사들이 거의 죽어 버린 상태였고 새로 양성한 전사들은 경험이 너무 부족했다.

'언제까지나 이곳에서 살 수 있으면 좋겠지만 엘프족 원로들의 말에 따르면 가온 님이 죽기 전에는 정착할 곳을 찾아야 한다고 했으니 대비를 해야지.'

이곳에 정착한 지 얼마 안 되었지만 임신한 여인들이 많이 늘어났다. 자신들에게는 천국이나 다름없는 이곳을 떠나기 전까지 최대한 일족의 숫자를 늘리고 독립할 준비를 갖추어야만 했다. 그러자면 전사의 실력을 높이는 것이 반드시 필요했다.

"손재주가 뛰어난 모라이족 전사라면 큰 도움이 되겠지만 전투를 치르다 보면 피해가 나는 것은 당연한데 괜찮겠습니까?"

"그건 저희가 감수해야 할 일입니다."

전사는 실전을 겪으며 피를 흘리지 않으면 성장할 수 없음

예지몽으로
히든랭커

을 알름도 잘 알고 있었다.

"그런 각오라면 받아들이겠습니다."

전투력은 어떨지 몰라도 무기를 제작하고 수리할 수 있는 능력은 확실할 테니 큰 도움이 될 것이다.

"전사들은 엘프족 전사들과 함께 수련을 하고 있으니 바로 연락을 보내겠습니다."

그렇게 말하는 알름 족장의 얼굴은 환했다. 그 역시 엘프족으로부터 던전의 보상에 대해서 들었고 그것이 일족 전사들의 성장에 얼마나 큰 도움이 될지 예상하고 있었다.

"그리고 필요하신 물건이 더 있으면 얼마든지 말씀하십시오. 일족 모두 즐겁게 만들겠습니다."

"음. 그렇다면 가벼우면서도 방어력에 도움이 되는 속옷과 비슷한 내피를 만들 수 있겠습니까? 그리고 자가치유력을 촉진할 수 있는 약물도 있다면 좋겠고요."

초원의 갈기족이나 달리아트족은 상의와 하의가 분리된 가죽 방어구를 착용하고는 있었지만, 가온은 그것으로는 던전의 마수와 몬스터를 상대로 몸을 제대로 보호할 수 없다고 생각했다.

두 부족의 전사들은 자가치유력이 높은 편이지만 포션도 없는 세상이기 때문에 일단 다치지 않는 것이 중요했다.

무엇보다 포션은 추가 보상 때문에 사용하기가 어렵기 때문에 자가치유력을 촉진할 수 있는 약도 필요했다.

"자가치유력을 촉진하는 약물은 이미 만들어 두었습니다. 허니비의 꿀과 세계수에 맺힌 이슬 그리고 몇 종류의 허브액을 섞었는데, 엘프 전사들이 약효를 확인했습니다."

참으로 다행이다. 사실 포션은 육체의 잠재력도 함께 사용하기에 자주 사용하면 수명이 짧아지는 단점이 있었다.

"내피의 경우 속옷으로 사용할 수 있을 정도로 가볍고 충격을 받았을 때 힘을 분산할 수 있도록 만들 수 있습니다. 이미 엘프족 전사들은 착용하고 있고요."

"저도 입고 있는데 굉장히 도움이 되고 있어요. 방어력은 아직 제대로 확인하지 못했지만, 속옷처럼 가볍고 통기성도 좋아서 다들 만족해요."

시르네아가 소매를 걷어 입고 있는 내피를 보여 주었는데 내피라고 하기보다는 조금 두꺼운 망사처럼 보였다.

"그런데 재료가 없어서……."

재료는 얼마든지 있었다.

가온은 그 자리에서 가지고 있는 재료들을 꺼냈다. 가죽으로 가지고 있는 것들은 별로 없었고 대부분 도축도 하지 않은 사체지만 알름 족장은 충분하다고 말했다.

"대략 1만 2천, 아니 1만 5천 벌 정도가 필요한데 천천히 만들어도 됩니다."

갑자기 한 부탁이니 어쩔 수 없었다.

"가죽은 금속을 다루는 것보다 쉽고 구조가 간단하기 때문에 그리 오래 걸리지는 않을 겁니다. 그리고 내피는 주로 여인들이 만들면 되니 부탁하신 장도를 모두 만들 때면 완성이 될 겁니다."

"너무 무리는 하지 마십시오."

"아닙니다. 최선을 다해서 만들어 보겠습니다. 다행하게도 작물 수확이 며칠 전에 끝나서 한동안 여유가 있습니다."

그러고 보니 새로 조성한 밭 지구는 비어 있었다. 최근에 수확을 한 모양이다.

"저희도 돕겠습니다. 되는대로 보내 드릴게요."

곁에 있던 에르넬이 지원을 약속했다. 모라이족보다 훨씬 인구가 많고 손재주도 뛰어난 엘프들이 돕는다면 시간은 크게 단축될 것이다.

그렇게 필요한 대화가 어느 정도 마무리가 되었을 때 식사가 나왔고 그때부터 즐거운 시간을 보낼 수 있었다.

생명의 아공간에서 즐거운 시간을 보내고 돌아오니 어느새 아침이 가까운 시간이었다.

"벌써 아침이네."

"피곤할 테니 둘은 좀 자 둬."

술을 엄청나게 많이 마시긴 했지만 노래를 부르고 춤을 추어서 그런지 술기운은 별로 남지 않았다. 몸이 좀 무겁기는 했지만 연공을 하고 나면 가벼워질 것 같아서 굳이 잠을 잘 필요는 없었다.

"피곤해야 정상인데 이상하게 몸이 가벼워요."

"이상해요. 잠도 전혀 못 잤고 술도 꽤 많이 마셨는데 몸 상태가 나쁘지 않아요."

가온이 사랑하는 여인으로 알려진 아레오와 아나샤도 찾는 이들이 워낙 많아서 자리에 앉지도 못하고 축제를 적극적으로 즐겼는데, 피곤을 못 느끼니 이상하게 생각할 수밖에 없었지만 가온은 그 비밀을 알 것 같았다.

"생명의 아공간은 마나가 농후해서 그곳에서 기른 작물은 미량의 마나를 함유하고 있어. 게다가 그곳에서 생산되는 와인과 맥주 역시 허니비의 꿀만큼은 아니지만 상당한 마나를 늘려 주고."

게다가 생명의 아공간을 나오기 전에는 에르넬 원로와 알름 족장이 힘을 합쳐 만들었다는 활력제라는 특별한 음료까지 마셨다.

에르넬은 아공간 주머니 하나를 가득 채운 활력제를 건네주면서 그것이 노화를 막아 주고 수명을 늘려 주는 특별한 효과가 있으니 매일 먹으라고 부탁을 했다.

"온 님이 오래 사셔야 우리와 모라이족도 이곳에서 더 오래 살 수 있잖아요."

그 마음이 고마워서 그러기로 약속을 했다.

사실 고마운 것으로 따지면 가온이 더 컸다. 엘프족과 모라이족이 아니었다면 생명의 아공간은 그저 황량한 땅이 끝없이 펼쳐진 공간에 불과했을 테니 말이다.

아무튼 가온의 설명을 들은 아레오와 아나샤는 탄성을 지르며 좋아했다.

"그랬구나. 어쩐지 몸이 너무 가볍더라니."

"참 좋은 곳이에요. 사는 사람들도 그렇고. 이곳의 의뢰가 끝나면 저희도 한동안 그곳에서 지내야겠네요?"

"탄 차원으로 돌아가면 바로 나올 수도 있지만 그럴 가능성도 있지."

가온의 경우 차원 이동의 부작용이 전혀 없었지만 아레오와 아나샤는 어떨지 알 수 없었다.

"카오스가 저희가 지낼 멋진 나무 집을 지어 준다고 했는데 기대가 돼요."

아레오는 살아 있는 나무를 활용해서 지은 자연 친화적인 집을 기대하는 것 같았다.

"그런데 아무래도 정령들이 좀 이상해요."

아나샤가 다른 얘기를 꺼냈다.

"뭐가 이상해?"

"나름 깊은 얘기까지 나누어 봤는데 카오스와 녹스 그리고 앙헬은 정령이나 마족이 아니라 인간 같았어요."

"정령계에 사는 정령이 아니라서 그런가?"

가온은 자신이 아는 한도에서 정령계의 정령과 자연계에

서 탄생한 정령에 대해서 설명을 해 주었다.

"그래서 그럴 수도 있긴 한데, 제 생각에는 카오스와 녹스 그리고 앙헬은 자신들을 여자로, 그리고 온 랑을 남자로 받아들이고 있는 것 같아요."

"그럴 리가."

가온은 아나샤의 생각이 억측이라고 생각했다. 본질 자체가 다르기 때문이다.

"아니에요. 생각해 보니 언니 말이 맞는 것 같아요. 특히 카오스와 녹스 그리고 앙헬은 온 랑을 우리와 비슷한 시선으로 바라보는 것 같았어요."

아레오도 인상을 쓰며 아나샤의 의견에 동조했는데 가온은 딱히 할 말이 없었다.

"온 랑."

"왜?"

"저희 둘은 비록 온 랑을 사랑하지만 나이도 많고 따로 이루고 싶은 일이 있어서 보통 여인처럼 아이를 낳고 살림을 하는 생활은 할 수 없어요."

그건 어느 정도 예상하던 바였다. 두 사람의 성격은 다른 부분도 많지만 목표 의식이 강해서 올곧게 자신이 이루고자 하는 목표에 매진하는 성향을 가지고 있었다.

"저희 말고 다른 여자가 더 있다고 했죠?"

"투하란이라고 들은 것 같아요."

"맞아."

다른 차원에 사는 자신이 의뢰 때문에 이곳으로 건너온 것을 설명하면서 투하란에 대한 얘기도 했었다.

"저희끼리 얘기를 했어요. 우리 이전에 인연을 맺은 여인이야 당연히 어쩔 수 없지만 온 랑에게 다른 여자가 더 생긴다고 해도 질투하지 말자고. 온 랑은 우리를 버릴 사람도 아니니까요."

"그 얘기는 왜 하는 거야?"

정말 궁금했다.

"지금처럼 평생 붙어 지낼 수만 있다면 좋겠지만, 그럴 수는 없잖아요. 우리도 나이를 먹을 테고, 이제까지 해 온 일들을 더 깊게 연구하고 익힐 시간도 필요하니까요. 질투하지 않을 테니 얼마든지 새로운 여인을 만들어도 된다고 말하고 싶었어요."

"그렇다고 아예 질투를 하지 않을 자신은 없어요. 생각만 해도 벌써 가슴이 아프니까요. 하지만 온 랑이 좋아하는 여자라면 얼마든지 받아들일 수 있어요."

"……진심이야?"

"네. 우리는 평범하지 않잖아요."

아레오의 대답에 아나샤도 조용히 고개를 끄덕였다.

"일단 당신들의 마음은 알겠어. 그리고 정말 고마워. 하지만 아무나 만나지는 않을 거야."

"그건 믿어요!"

"저도요. 우리를 선택한 온 랑이니까요."

그녀들의 마음이 고마우면서도 그 말이 더 무서웠다.

그런데 사실 여자를 더 만들고 싶은 생각은 추호도 없었다. 이미 셋으로도 충분하고도 넘친다고 생각하고 있으니까.

정령들에 대한 얘기야 별로 신경이 쓰이지 않는다. 가끔 순간적으로 정령들에게 여자의 향기와 매력을 느끼기는 하지만 정령은 정령일 뿐이라고 생각하니까.

가온은 두 부족의 전사들이 도착하는 동안 거의 대부분의 시간을 던전에서 보냈다. 물론 갈기족과 달리아트족 전사들도 최소한의 인원만 남기고 모두 들어와서 던전에 적응하는 시간을 가졌다.

던전에 들어온 적이 있는 갈기족에게는 자신들은 물론 초원 늑대들에게도 익숙지 않은 숲 환경에 다시 적응할 필요가 있었고, 달리아트족 전사들 역시 농후한 마기가 퍼져 있는 던전에 적응할 필요가 있었다.

물론 모둔은 진작 소환한 상태로 지금도 게이트 바로 밖에 자리를 잡고 던전에서 흘러나오는 마기와 대기 중에 섞여 있는 마기를 빈 저장구에 담는 중이었다.

그렇게 시간을 보내는 사이에 초원 늑대를 탄 갈기족 전사들이 2천 필에 달하는 어마어마한 말과 함께 먼저 도착했다. 떠난 지 사흘째가 되는 날 오전이었다.

"얘기한 것보다 더 많은 것 같은데?"

초원 늑대를 탄 전사들은 대부분 앳된 얼굴이지만 숫자는 처음 얘기했던 것보다 훨씬 많아서 거의 1만 4천은 될 것 같았다.

가온의 물음에 웅고트를 비롯한 대전사장들이 그의 눈을 제대로 쳐다보지 못했다.

"이번에 데리고 온 전사들이 이제 막 성년을 넘긴 갈기족의 미래입니다."

"그렇다면 안전한 곳에 두어야 하는 것 아닌가?"

"저 젊은 전사들을 제대로 지도해야 할 우리가 던전에서 죽으면 갈기족은 더 이상 초원에서 살아갈 수 없기 때문에 데리고 온 겁니다."

그동안 갈기족 전사들과 간간이 얘기를 해 봤기 때문에 지금 갈기족의 상황이 어떤지는 대충 알고 있어 웅고트의 말을 이해할 수 있었다.

"사실 초원에 던전이 생성되기 시작했을 때 적극적으로 움직였다면 상당한 피해가 발생했겠지만, 우리 갈기족 전사들은 제국 전사들에게 수모를 당하지 않아도 되었고 실력 또한 빠르게 올라갔을 겁니다. 그 점을 일족 전체를 상대로 피력했고 젊은 전사들이 대거 자원했기에 나름 선별해서 데리고 왔습니다. 대장님께 부담을 드리는 것 같아서 죄송합니다."

"내게 미안할 일은 아니지. 너무 큰 위험 부담을 끌어안은 것 같아서 그래. 그나저나 식량은 챙겼나?"

"전사들의 기개를 확인한 원로들이 열심히 나서 준 덕분에 보름 분의 육포와 곡물 가루, 그리고 치즈와 찻잎을 챙길 수 있었습니다."

최대한 챙겨 준 식량이 겨우 보름 분이라니 제국 측이 들었으면 턱도 없다고 코웃음을 쳤을 테지만 가온은 고개를 끄덕였다. 그는 최대 보름 안에 던전을 공략할 생각을 하고 있었다.

'식량은 충분해.'

육류가 좀 부족하지만 곡물은 넘쳐 난다. 게다가 생명의 아공간에는 엄청난 곡물이 쌓여 있고 다른 영양소를 가진 과일, 채소도 쉽게 수급을 할 수 있으니 식량은 문제가 없었다.

"그런데 게이트를 지키는 인원은 얼마나 남겨야 할까요?"

"적어도 절반은 되어야 하지 않을까요?"

옹고트를 포함한 갈기족 대전사장들도 게이트 방호의 중요성을 익히 알고 있었다.

"게이트를 지킬 전력은 따로 있으니 걱정하지 않아도 돼."

"네?"

"따로 고용한 전사들이 있다. 평균 실력이 실버급인 전사 2천여 명이 게이트를 지킬 테니 걱정하지 않아도 된다고."

"아!"

갈기족 대전사장들은 가온의 말을 그대로 받아들였다. 자리를 비울 때 제국 측에서 제대로 설명을 해 주지 않았기 때문에 갈기족은 돌아가는 사정을 잘 모르니 쓸데없는 설명을 해 주지 않아도 되었다.

가온은 일단 병력의 효율적인 운용을 위해서 기존의 전사를 포함해서 1만 5천여 명의 전사를 15개의 전사단으로 편성했다. 던전을 경험하며 노련해진 전사들에 새로운 전사들을 섞었는데, 동일 부족은 되도록 한 전사단으로 묶었다.

전사단 열둘은 같은 일족으로 편성했고 셋은 다양한 군소 부족으로 그래도 사이가 가까운 부족끼리 묶어서 편성했다.

전사의 숫자에 맞추어 십인대, 오십인대, 백인대, 오백인대로 편성했는데, 편성 기준은 전사단의 수뇌부가 알아서 하도록 했다.

그렇게 편성된 전사단의 전력은 생각 외로 막강했다.

한 전사단은 천인대장 1명, 오백인장 2명, 상급 전사장급에 해당하는 백인대장 10명, 일반 전사장급인 오십인대장 20명, 전사장에 근접한 실력의 십인대장 100명 그리고 나머지는 전사로 구성되었다.

단장과 오백인장은 전원 골드급으로 검사를 다룰 수 있는 실력자들이었고, 백인장은 검기 숙련자로 골드 초급 이상, 오십인장은 검기 사용자로 실버 상급 이상, 십인장은 검기

입문자 실력으로 실버 중급 이상, 일반 전사는 실버 초급에서 아이언급까지 편차가 큰 실력을 가지고 있었다.

실전을 겪으며 지도를 위해 같은 일족으로 구성했기 때문에 갈기족은 알아서 십인대인 분대를 지도해 줄 수 있는 선배 전사와 지도를 받아야 하는 후배 전사를 적절히 섞어서 편성했다.

단장 중에는 관심을 끄는 이들이 몇 명 있었다.

미스릴급인 바토르, 울란스, 푸토마였다. 장년과 노년 사이인 그들은 오러블레이드를 능숙하게 펼칠 수 있는 실력자들이었다.

가온은 그 셋을 오천인장으로 임명해서 각각 다섯 개의 전사단을 지휘하도록 했는데, 이미 일족 전사들도 그들의 실력을 잘 알기에 불평불만은 전혀 나오지 않았다.

그렇게 급하게 부대를 편성하고 점심을 간단히 해결하자 달리아트족 전사들이 도착했다.

그들은 서둘러 달려왔는지 몰골이 말이 아니었다.

갈증이 났는지 갈기족 전사들이 건네주는 물주머니를 단숨에 비워 버린 달리아트족 전사들은 드러난 피부는 물론 방어구가 온통 먼지투성이였다. 초지이기는 하지만 흙 바람이 부는 넓은 지역을 내내 달려온 것이다.

숨을 돌린 야쿰바가 가온에게 짧게 데리고 온 전사들에 대해 소개를 했다.

"총 700명입니다."

"그럼 천 명이 되는군."

"네. 일부러 맞춘 것은 아닌데 돈을 벌러 나갔다가 돌아
온 전사들과 성년 시험을 통과한 전사 중에서 자원을 받았
습니다."

달리아트족 전사를 기존 전사와 묶어서 한 전사단으로 편
성했다. 2개의 오백인대와 10개의 백인대, 20개의 오십인대,
100개의 십인대가 만들어졌는데, 전사단의 전력은 갈기족보
다 조금 높은 편이었다.

의외로 단장은 처음 보는 전사가 추대되었는데 특이하게
도 마흔 전후로 보이는 중년의 여전사였다. 큰 키와 잘 발달
된 근육질의 몸매를 가졌음에도 습관처럼 짓고 있는 미소가
인상적이었다.

"헤알이라고 해요."

'호오! 품고 있는 기운이 복잡하네.'

마나뿐 아니라 원소력과 흑마력까지 느껴졌다.

'대체 정체가 뭐지?'

"헤알 님은 엘프와 드워프의 피를 가장 짙게 물려받은 저
희 달리아트족의 다이알입니다. 전설의 엘프족에서는 하이
엘프라고 부르기도 하지요. 다이알은 인간으로 치면 수호전
사라고 할 수 있습니다."

야쿰바가 헤알에 대해서 설명을 했는데 예시가 조금 다르기는 했지만 의미는 충분히 알아들을 수 있었다. 수호전사였던 헤알은 엘프족으로 치면 시르네아와 같은 존재인 것이다.

"야쿰바, 소개는 바로 해야지. 이제 헤이아가 다이알이 되었으니 나는 그저 은퇴한 전사일 뿐이야. 온 대장님, 저는 오랫동안 지고 있던 짐을 벗어던지고 자유롭게 살기로 작정한 헤알이라고 해요."

"반갑소. 진심이 담긴 미소를 보니 무거운 부담을 벗어던진 것은 확실해 보이는군. 언제까지 동행할지 알 수 없지만 앞으로 잘 부탁하지."

"야쿰바의 말대로 온 대장님은 도저히 실력을 가늠할 수 없는 분이네요. 부끄럽지만 오랫동안 일족을 보호하는 임무를 맡고 있었기 때문에 세상 경험이 별로 없어요. 대장님을 따라다니면서 뭐든 많이 배우고 싶어요."

헤알은 미스릴급, 그것도 중급의 실력자로 이번 던전 공략에 큰 도움이 될 것 같았다.

그녀는 야쿰바에게 가온의 실력에 대해서 들었지만 수호전사만의 비전으로도 그의 경지를 전혀 알아볼 수 없다는 사실에 굉장히 놀란 상태였다.

"나와 동행하는 것보다는 이번에 던전을 제대로 공략하면 많은 것을 얻을 수 있을 거요."

"갓상점과 명예 포인트에 대한 얘기는 저도 들었어요. 그래서 키우던 제자에게 무거운 자리를 넘겨주고 달려왔어요."

나중에 알았지만 헤알이 맡고 있던 다이알이라는 자리는 달리아트족을 최후까지 수호하는 임무를 수행해야 하기 때문에 어떤 일이 벌어져도 일족을 떠날 수 없는 금제가 있다고 했다.

"많이 도와주세요, 대장님."

그렇게 헤알이 눈도장을 찍고 전사단을 편성하기 위해서 물러났다.

사람들이 머무는 곳에서 멀리 떨어진 곳까지 이동한 가온은 생명의 아공간으로 들어가서 엘프족 전사들을 데리고 나왔다.

총 2천여 명에 달하는 어마어마한 숫자였는데 오랜만에 아공간에서 나왔기 때문에 무척 흥분한 눈빛을 하고 있었다.

"어마어마하네요!"

어떤 면에서는 드워프보다 금속이나 가죽을 더 잘 다루는 능력을 가진 모라이족이 합류한 후 제대로 된 방어구 세트를 착용할 수 있게 되어서 그런지 동일한 디자인과 색상의 방어구를 입은 엘프족 전사들의 모습은 정예 그 자체였다.

눈에 확 띄는 큰 귀를 감출 수 있는 마법이 내장된 투구를 쓰고 있기 때문에 호리호리한 체형을 제외하고는 누구도 이들을 순혈 엘프 전사라고는 생각하지 못할 것이다.

"대장님."

돌아보니 시르네아가 곤혹스러운 얼굴을 하고 있었다.

"대전사장들을 포함해서 모두 게이트를 지키는 것보다는 던전을 공략하고 싶어 해서 선별을 하기가 어려워요. 얼마나 수련에 매진했는지 잘 아는 저로서는 도저히…….."

"어느 쪽이든 공적을 인정받을 수 있을 텐데."

그건 가온의 생각일 뿐이다. 누가 생각해도 던전을 공략하는 과정에서 치열한 전투가 벌어질 가능성이 높다고 생각할 테니 말이다. 전사들이 어느 곳을 선호할지는 안 봐도 알 수 있었다.

그때 아레오가 해법을 제시했다.

"그게 어려우면 차라리 운에 맡겨요."

"모두가 만족할 수 있는 방법이 딱히 없으니 그렇게 해서라도 결정을 해야겠네요."

결국 엘프 전사들은 직급별로 뽑기를 해서 던전 공략팀과 게이트 방어팀을 나누었다.

던전 공략팀은 시르네아를 포함한 대전사장 10명에 전사장 82명 그리고 전사 307명으로 정확하게 400명이 선발되었다.

거기에 애초에 따로 선발한 모라이족 전사 45명과 사령술사 10명이 더 포함되었다.

반면 게이트 방어팀은 대전사장 10명을 포함해서 총

2,500명이 선발되었는데, 다들 실망감을 감추지 못하는 얼굴이었다.

하지만 가온이 게이트를 벗어나는 마수와 몬스터가 이 세상에 미치는 해악을 상세하게 설명하면서 놈들이 던전을 빠져나가지 못하도록 하는 일이 얼마나 큰 의미를 가지는지와 그만큼 큰 공적이 인정된다는 내용을 설명하자 다소 낯빛이 나아졌다.

가온은 시르네아와 데루나보다는 약간 경지가 낮지만 나머지 중에서는 가장 실력이 뛰어난 세르넬 대전사장에게 게이트 방어팀을 맡기고 몇 가지를 당부했다.

"마수와 몬스터 들이 게이트를 빠져나가지 못하도록 만드는 일이 가장 중요하지만 큰 피해가 예상된다면 굳이 피를 흘려 가면서 막을 필요는 없습니다. 그런 놈들은 나중에도 처리할 수 있으니까요. 항상 얘기하지만 용맹을 앞세우기보다는 효율성이 높은 전투를 염두에 두고 전사들을 지휘하십시오. 무엇보다 전사들이 잘 먹고 푹 쉴 수 있도록 배려하십시오."

"대장님과 함께 싸울 수 없어서 아쉽지만 맡은 일이 그리 중하다니 최선을 다하겠어요. 참, 그리고 이건 지금까지 완성한 마상도예요."

그사이에 모라이족이 완성한 내피와 마상도를 이번에 함께 보냈는데 가온이 아공간의 시간 흐름을 조정했기에 부탁한 숫자는 모두 완성되었다.

"보급품도 챙겼습니까?"

가온은 생명의 아공간의 시간 흐름을 원래로 돌린 후 물었다.

엘프족은 스스로 생명의 아공간을 출입할 수 없으니 천막 등 숙영 장비와 식량 그리고 여분의 무기는 필수적이다.

"네. 원로들께서 직접 나서서 꼼꼼하게 준비해 주셨어요."

그렇다면 뒤는 더 이상 걱정할 필요가 없었다. 이제 공략하기만 하면 되는 것이다.

'이제 제대로 던전을 공략할 수 있겠구나!'

이 던전은 또 어떤 것들을 자신에게 줄지 정말 기대가 컸다.

다음 권으로 이어집니다